Dominante Uitvoerende Vrouw

Overheersing en erotische onderwerping

Erika Sanders

Dominante Uitvoerende Vrouw

Erika Sanders

Serie
Overheersing en erotische onderwerping

Korte inhoud

Richard CarringtonU bent de eigenaar van een bedrijf dat ernstige financiële problemen heeft.

Het kan zijn dat u hierdoor het maandeinde van uw werknemers niet kunt betalen.

De enige oplossing om het bedrijf te redden is een mooie manager die een pact voorstelt: geld in ruil voor een gunst

Voor hoeveel zal Richard bereid zijn te gaan in ruil voor het overeind houden van zijn bedrijf?

Dominante Uitvoerende Vrouw is een roman met een sterk erotisch BDSM-gehalte en, op zijn beurt, een nieuwe roman die behoort tot de Erotic Domination-collectie, een serie romans met een hoog romantisch en erotisch BDSM-gehalte.

(Alle personages zijn 18 jaar of ouder)

Opmerking over de auteur:

Erika Sanders is een bekende internationale schrijfster, vertaald in meer dan twintig talen, die haar meest erotische geschriften, ver van haar gebruikelijke proza, ondertekent met haar meisjesnaam.

Inhoudsopgave:

DOMINANTE UITVOERENDE VROUW
ERIKA SANDERS

HOOFDSTUK 1

Er zijn momenten in uw leven dat u zich op het randje bevindt.

Je maag voelt alsof hij wordt verpletterd door een kudde olifanten, en je weet niet zeker of 's ochtends wakker worden het beste voor je is.

Ik bevind me momenteel in die omstandigheid.

Het is alsof ik op de rand van een klif sta.

Ik kijk angstig naar de grillige rotsen beneden en bid om een reddingsboei.

Het doet me nog meer pijn om te weten dat ik waarschijnlijk veel goede mensen voor me heb.

Mensen die geen idee hebben dat ze balanceren op de rand van dezelfde klif.

Ik glimlachte en knikte naar Janeth, onze secretaresse, terwijl ze langs haar bureau liep.

Ik heb haar wekenlang overtuigd om haar veilige, goed gefinancierde baan bij een advocatenkantoor te verlaten en met ons mee te gaan.

De beloften van aandelenopties en rijkdom die haar dromen te boven gingen, overtuigden haar uiteindelijk om het risico te nemen.

Ze was geweldig georganiseerd, iemand die we hard nodig hadden.

Als je op je bureau zou kijken, zou je er zeker van kunnen zijn dat alles netjes en zonder scheuren zou zijn.

Mijn hart stopte even toen ik de foto's van haar drie kinderen in de hoek van haar bureau zag.

Een alleenstaande moeder met alle tests die daarbij horen.

En ik neem haar en haar kinderen mee over de klif.

Ik voelde me weer misselijk.

Ik liep mijn kantoor binnen, nou ja, meer als een kubus in het midden van het open kantoor.

Ik zou van hieruit het hele bedrijf kunnen bekijken.

Ik ging gewoon rechtop zitten en deed een 360 graden-check om te zien dat iedereen hard aan het werk was.

Ik ging zitten en verstopte me.

Alles zal maandag instorten.

Hij wist niet zeker of hij de loonlijst kon betalen.

Stress raakt me in een golf.

Ik stopte snel om naar mijn vuilnisbak te kijken en gooide mijn ontbijt weg.

Janeth rende naar binnen terwijl hij bezig was de plastic voering dicht te doen.

'Gaat het, meneer Carrington?' vroeg ze met moederlijke bezorgdheid.

'Nee, ik ga mezelf van een klif werpen nadat ik ze allemaal heb gerend', dacht ik bij mezelf.

'Er was gewoon iets mis met mijn ontbijt', loog ik.

'Er is daar een soort griep', voegde Janeth eraan toe, 'misschien moet ze een dag vrij nemen om beter te worden.'

Het idee om zich thuis te verstoppen was erg aantrekkelijk, maar hij kon niets doen vanuit huis.

Hij had gisteren meer investeringskapitaal nodig.

Al mijn normale kanalen waren opgedroogd.

"Nee, het komt wel goed", zei ik, "ik ga dit een beetje wassen en ik ben zo terug."

Ze probeerde niet te ademen toen ze langskwam met de vuilnisbak in mijn handen.

Janeths bezorgde blik was moeilijk te negeren.

Zij had van alle mensen het beste beeld van de toestand van het bedrijf, maar wist niet dat maandag een lening van een half miljoen dollar zou moeten worden betaald.

Ze wist echter dat de bank en ik een paar verhitte telefoontjes hadden gehad.

'Er is geen extensie' was het laatste woord.

Er was geen gedachtenlezer voor nodig om erachter te komen dat er iets mis was.

Ik had binnen een uur een ontmoeting met een tamelijk delicate venture capitalist.

Het was een willekeurig schot, maar hij moest ergens schieten.

Op dat moment was hij bereid alles te verhandelen met iedereen die bereid was de financiën te ondersteunen.

Ik had gewoon tijd nodig.

Een goede cashflow was slechts zes maanden verwijderd.

Ik passeerde Ralph Seams en zijn vele broncodeschermen.

De mens leefde in een binaire wereld.

Het meenemen was een van mijn beste overwinningen.

Hij had geen idee hoe hij kon omgaan met vier platte schermen vol gebrabbel, maar zijn magie leek altijd te werken.

Ik haalde amper de badkamer of ik herinnerde me zijn nieuwe auto, zijn nieuwe huis en zijn nieuwe vrouw.

Het veroorzaakte een revolutie in mijn gal op de meest pijnlijke manier.

Ik verdiende de pijn.

Het had meer pijn moeten doen.

Het schip was aan het zinken en ik was vergeten reddingsboten te kopen.

Het kostte me een paar minuten om mijn kalmte terug te krijgen.

Ik waste mijn gezicht en had ontzag voor mijn rode, slapeloze ogen.

Het was nog maar één stap verwijderd van een extra van een hoofdstuk van 'The Walking Dead'.

Geen wonder dat Janeth dacht dat ze griep had.

Ik spoelde een paar dozijn keer mijn mond en streek mijn haar glad.

De man in de spiegel zag er tien jaar ouder uit dan een maand geleden.

Ik haalde een paar keer diep adem en verlaagde mijn hartslag tot een beheersbaar niveau.

Ik was de kapitein van dit zinkende schip.

Hij moest het bij elkaar houden.

Het was mijn vertrouwen dat iedereen het moest zien.

Het was wat hij moest bedenken toen hij probeerde indruk te maken op de volgende bijeenkomst.

Hij wilde dat ik weer dezelfde zou zijn.

De drijvende kracht achter dit alles was onverschrokken.

Ik legde het onvermijdelijke in mijn achterhoofd.

Het was pas woensdag en er was genoeg tijd om een puinhoop van een half miljoen dollar op te lossen.

Na een ochtend van zelfhaat van me afgeschud te hebben, stormde ik de badkamer uit.

Hij glimlachte naar iedereen.

HOOFDSTUK 2

Toen Virginia Buttingson het kantoor binnenkwam, viel het normale geluid van de plaats stil.

Ze was een imposante vrouw en beheerste een groot bedrag aan durfkapitaaldollars.

Ze was gekleed om te overwinnen in een strakke marineblauwe rok en een elegante witte blouse met een wijd uitlopende rode sjaal.

Hij droeg een leren riem met in elkaar grijpende ringen en bond zijn outfit vast met een kort schuin aflopend marineblauw colbert.

Haar nauwgezette bruine haar was in een halve krul, gescheiden van haar gezicht en achter haar schouders gehouden met een kleine marineblauwe strik.

Sterke rode lippenstift en donkere mascara geven haar een veeleisende look.

Hij leek begin veertig te zijn.

Zijn scherpe ogen leken elke hoek van het kantoor te bekritiseren.

Achter mevrouw Buttingson liepen drie individuen met de typische uitstraling van advocaten: allemaal mannen en allemaal in zwarte pakken.

Ze blokkeerden de gang bijna, dus werden ze de vergaderruimte binnengeleid.

Ik haalde diep adem en bracht mijn zakenvechtende zelf naar de oppervlakte.

Het voelde echt alsof ik een paar jongens in pakken achter me had laten lopen, dus ik voelde me niet in de minderheid.

De introducties verliepen vlot en ik stapte in een katten- en hondenshow.

Ik presenteerde dertig minuten om de haalbaarheid van onze cloudgebaseerde softwareoplossing te promoten.

Hij had alle cijfers en grafieken in gedachten, samen met een schat aan marketinggegevens, prachtig ontwikkelde kostenstructuren en een A-klasse partnerlijst.

Ik stond op het punt om naar een demo van de eigenlijke software te gaan toen ik plotseling werd tegengehouden.

'Hij vertelt me niets dat ik niet weet,' zei Buttingson bot.

Ik wachtte tot ze verder zou gaan, misschien vertelde ze me wat ze wilde weten.

In plaats daarvan ontving ik een dodelijke stilte en vulden zijn sterke ogen mijn vroegere zelfvertrouwen met gaten.

'Naar welke aanvullende informatie zoekt u, juffrouw Buttingson?' Ik vroeg het hem op de best mogelijke manier.

Ik hield mijn gezicht kalm en wilde dat ze inzag dat niets van wat ze zou zeggen of doen me van streek zou maken.

"Zijn mate van wanhoop," antwoordde ze snel.

Zijn ogen lieten de mijne nooit los en er was geen humor op zijn lippen.

Ze had me gepenetreerd.

'Ik weet niet zeker of ik weet wat je bedoelt,' antwoordde ik, terwijl ik probeerde stand te houden.

Visioenen van mijn ontbijt in de afvalcontainer sloegen weer toe.

'Kunnen we een privémoment hebben?' Het was een bestelling voor zijn drie kleuren zwarte pakken.

Ze stonden als één man op en verlieten de kamer.

Toen de deur achter hen dichtging, keerde hun aandacht weer naar mij terug.

'Maandag ben je klaar. Je komt hier en vertelt al deze mensen die in je geloven dat je ze voor de gek houdt. Mijn accountants zeggen me dat je niet eens de laatste salarisadministratie kunt doen.'

Mijn maag zond een beetje gal uit.

Ik wurgde haar weer.

'Ik weet niet waar je je informatie vandaan haalt, maar ...' Ik begon het bedrijf te verdedigen, maar ze hield me tegen met een opgestoken hand.

'Geef me geen excuus.' Hij leek mijn problemen tot in detail te kennen. 'Maar ik kan het allemaal laten verdwijnen. Je zult' s nachts goed slapen en deze mensen zullen je niet als uitschot van de zolen van hun schoenen beschouwen. We moeten het gewoon eens worden. '

Verdomme, ik was hier niet klaar voor.

Ze wist dat ze me in de val had gelokt en dat ik op het punt stond kapot te gaan.

Ik heb me nog nooit zo klein gevoeld in mijn leven.

Ik ging rechtop staan en bleef op mijn hoede.

"Wat heb je in gedachten?"

Ik zou geen tijd meer verspillen aan het proberen om dingen meer op te maken.

Ze wist al dat ze in het donker zwom.

'Ik heb twee opties voor je, die je geen van beiden zullen plezieren,' verklaarde ze vastberaden. "Bij de eerste optie wacht ik tot maandag, wanneer de bank je lening aanvraagt en ik de stukjes ophaal van wat er nog over is van het bedrijf. Ik denk dat je hier een goed product hebt en het binnen zes minuten winstgevend moet kunnen maken. tot twaalf maanden. Ik kan de salarissen verlagen van de werknemers die voor mij van pas komen en degenen die overblijven ontslaan. Het zou geen win-win zijn, aangezien iedereen jou de schuld zal geven van de ramp. '

Ik verwachtte een boze glimlach, maar ik zag alleen hetzelfde zakelijke gezicht.

Hij haatte haar omdat ze het geld had om zo wreed te zijn.

'Dat zou heel vervelend zijn,' zei ik resoluut.

Nu heb ik een glimlach.

Ze was niet slecht, ze was een winnaar.

Ik denk dat ze genoot van mijn wanhoop, maar me een uitweg wilde geven.

Ik hoefde niet lang te wachten op optie twee.

'Bij de tweede optie onderteken en verleng ik uw lening en geef ik u nog eens vijfhonderdduizend aan werkkapitaal.'

Zijn glimlach werd groter.

Tot nu toe was ik bij haar in deze optie.

Ik wachtte op het "chantage" -gedeelte.

'In ruil daarvoor heb ik een belang van negenenveertig procent en ...' hij zweeg even en dempte zijn stem, 'enkele aanvullende overwegingen.'

Je zou kunnen leven met het verlies van voorraden.

Hij had eigenlijk geen andere keuze en was verrast door het feit dat ze de belangen van het bedrijf niet wilde beheersen.

Het resterende kapitaal, eenenvijftig procent, was een welkome verrassing, maar de "aanvullende overwegingen" klonken bijna illegaal.

Ik heb wetten omzeild, maar was er geen voorstander van om ze te overtreden.

'Definieer' aanvullende overwegingen ', vroeg ik op een minder gezaghebbende toon.

Ze stond op en liep onprofessioneel naar me toe.

Zijn glimlach ging van winnen naar wreed en ontmoette haar ogen.

'Mannen zoals jij intrigeren me.' Ze bewoog haar gezicht ongemakkelijk dicht bij het mijne. "Je bent slim, gemotiveerd en je houdt ervan om de leiding te nemen. Het is wat uiteindelijk zal leiden tot het succes van je bedrijf. Ik vind het leuk om met mannen zoals jij om te gaan. Niet zakelijk, maar privé."

Hij zweeg even en ik slikte.

Haar hakken zorgden ervoor dat haar ogen gelijk waren met die van mij, waardoor het moeilijk was om te proberen zich superieur te voelen.

"Ik geef je wat je wilt en ik neem wat ik wil."

Hij draaide zich plotseling om, keerde terug naar zijn stoel en ging zitten.

Ik merkte dat het een vage muskusachtige geur achterliet.

"In prive?"

Ik wilde dat dit duidelijk was.

Hij wist niet goed wat hij kon verwachten, maar het moest beter zijn dan Janeth te vertellen dat ze werkloos was.

"Heel privé."

Zijn glimlach en ogen werden zachter.

Ze waren bijna uitnodigend.

'Ik kan niet beloven dat je het leuk zult vinden, maar ik zal het doen.'

Hij kon niet geloven dat hij dit overwoog.

Ze was niet meer hard voor haar ogen en ze was niet zo oud.

Ze kon me niet meer dan tien jaar meenemen.

"Wat zou er van mij verwacht worden?" Ik vroeg om.

Hij slikte nog steeds hard.

Hij was niet gewend om zo onbeheerst te zijn.

Misschien is een faillissement beter dan dit.

Zijn glimlach werd wellustig.

"Je zult mijn gehoorzame teef zijn," zei hij en haalde zijn schouders op. 'Een paar keer per jaar, totdat ik me verveel met je. De andere handelsovereenkomsten blijven intact als ik klaar met je ben.'

Het woord 'hoer' weergalmde in mijn hoofd.

'Je zult me vierentwintig uur lang volledig gehoorzamen; er zal geen blijvende fysieke schade optreden, maar alleen mijn plezier doet er toe.'

HOOFDSTUK 3

'Ik weet niet zeker of ik dat kan waarmaken.'

Ik kreeg het idee om een beetje te onderhandelen, misschien om wat grenzen te stellen.

'Het is alles of niets, meneer Carrington. Wissel wat persoonlijke trots met mij uit en uw publieke trots zal intact blijven.'

Ze liet niets voor onderhandeling open.

Ik was hoe dan ook genaaid.

'Ik heb een beslissing nodig. Ik ben niet geïnteresseerd als hij niet volledig toegewijd is.'

Hij had niet al te veel opties en hij had ook geen tijd.

Ik stelde me voor dat ik failliet zou gaan en mijn werknemers in de steek zouden laten.

De tijd en het werkkapitaal die het bood, zouden het bedrijf doen stralen als nooit tevoren.

Ik zou vierentwintig uur lang een hoer kunnen zijn.

Ik ben verslaafd aan succes.

'Afspraak gedaan', was alles wat ik zei.

'Goed,' zei hij en stak zijn hand in zijn aktetas, 'hier is een sleutel met mijn adres eraan. Die zal er aanstaande zaterdag om 9.00 uur zijn. Niemand anders mag van dit deel van onze overeenkomst op de hoogte zijn.' Ze schonk me weer die warme, uitnodigende glimlach. 'Laten we de jongens bellen om het papierwerk te bespreken.'

Ik pakte de sleutel en stopte hem in mijn zak.

Ik was geschokt toen ik ontdekte dat mevrouw Buttingson het allemaal duidelijk had gemaakt in de documenten.

Ze zou het recht kunnen uitoefenen om aanstaande maandag alles achter te laten, zonder opgaaf van reden.

Plots had ik het gevoel dat ze me bij de hand namen.

En met de anderen in de kamer was ons gesprek minder openhartig.

"Het is dat ik het weekend moet hebben om de opties te overwegen", zei hij, "ik moet ervoor zorgen dat we allebei onze verplichtingen kunnen nakomen."

"Hoe beschermt dat mijn belangen?" Ik antwoordde: "Ik ben van plan alle voorwaarden van het contract, mondeling en schriftelijk, volledig uit te voeren. Ik heb geen garantie dat het hetzelfde zal doen."

Ik had geen idee hoe ik het vertrouwen moest opbouwen dat nodig is om ons allebei gelukkig te maken.

Na dit weekend konden we het nodige vertrouwen hebben, maar vandaag was er weinig van.

"Ik zal uw lening te goeder trouw met een maand laten verlengen, zonder verplichtingen", antwoordde ze.

"Geaccepteerd." Ik glimlachte.

Zijn weekend is misschien niet de moeite waard om nog een maand te duren, maar dat gaf me tenminste wat tijd om een andere oplossing te vinden als dit allemaal uit elkaar zou vallen.

Ik was verbaasd hoe snel ze de lening kon verlengen met slechts één telefoontje.

Ik had het al vier maanden geprobeerd, smekend met dovemansoren.

Eén telefoontje van haar en ik had nog dertig dagen.

Je moet dat soort macht respecteren of haten.

En ik schreef me een paar minuten later in voor prostitutie.

Het stond niet in de overeenkomsten, maar het hing als een aambeeld boven me.

Ik was van hem of zou in de mogelijkheid zijn doodgeslagen te worden door de mensen die ik met me meesleepte om te ruïneren.

Ik tilde een gewicht van mijn schouders, maar een ander nam de plaats in.

We nemen afscheid met alle hartelijkheid als nieuwe zakenpartner.

Mijn bedrijf zou overleven zolang ik de voorwaarden ervan kon aanvaarden.

HOOFDSTUK 4

De zaterdag kwam een stuk sneller dan ik had gewild.

Hoe bereid je je voor om een 'gehoorzame teef' te zijn?

Ik had geen idee dat ik ooit eerder zo'n soort bedrijf had opgezocht.

Dat soort gezelschap raakte gefrustreerd door mijn schattigheid en verlangen naar voorspel.

Ik denk altijd dat vrouwen kwetsbaarder zijn dan ze in werkelijkheid zijn.

Ik bedoel, ik neem ze net zo graag mee naar huis als elke andere jongen.

Ik heb alleen je toestemming nodig.

Ik douchte, schoor me en knipte wat overtollig haar bij.

Ik gebruikte een aanzienlijke hoeveelheid deodorant en spetterde een beetje na het scheren.

Het zou tenminste niet stinken.

Ik had geen idee wat ik moest aantrekken.

Ik koos voor casual zakelijke kleding.

Het was goed voor de meeste gelegenheden en nam tachtig procent van mijn garderobe in beslag.

De overige twintig procent bestond uit spijkerbroeken en T-shirts.

* * *

Ik stopte bij zijn huis in de verwachting een groot herenhuis te vinden en ontdekte iets veel minder opzichtigs.

Het was een eenvoudig bakstenen huis in koloniale stijl met twee verdiepingen.

Het had vier kolommen van twee verdiepingen die het dak boven de veranda ondersteunden.

Een verzorgd gazon en cementpotten vol bloemen gaven het een nette uitstraling.

De bomen waren allemaal ouderwets en gaven het huis een mooi uitzicht.

Ik parkeerde op de oprit en belde aan.

Mevrouw Buttingson deed de deur voor me open met een plezierige glimlach.

'Nou, je bent een beetje vroeg. Kom alsjeblieft binnen,' zei hij terwijl hij de deur opendeed.

De hal bestond uit twee verdiepingen met een gigantische kroonluchter die aan het plafond hing.

Het had honderden veelzijdige kristallen die het ochtendlicht weerkaatsten.

Het leek alsof de vloer uit één stuk marmer was gemaakt, helemaal wit met zwarte aders die niet van muur tot muur braken.

Alles zag er op een rijke manier opzichtig uit.

Zelfs de lijsten die het duidelijk dure kunstwerk ondersteunden, pasten perfect bij de sfeer van de kamer.

Een prachtige houten trap leidde helemaal naar beneden vanaf de tweede verdieping.

Het enige dat niet op zijn plaats leek, was een grote, lege rieten mand bij de voordeur.

"Hooggespannen?" zij vroeg.

"Bezorgd," antwoordde ik.

Zijn lippen waren net zo rood als bij onze eerste ontmoeting.

De kleur van haar lippenstift botste hard met haar bleke huid.

Ze had haar haar verzameld tot een enkele vlecht die over het midden van haar rug liep.

"Krachtig aantrekkelijk" kwam in me op.

'Dat hoeft niet. Ik zal je vertellen wat ik wil. Denk niet na, doe het gewoon.' Ze schonk me weer die vriendelijke glimlach. "Het is een controle-ding, ik hou ervan om de controllers te controleren."

Nu was hij zenuwachtig.

'Hebben we veilige woorden of zoiets?'

Hij had wat onderzoek gedaan naar overheersing.

Ik had gedacht dat ze daar naartoe ging, en had dat net aan mij bevestigd.

'Elke keer dat je het gevoel hebt dat het teveel is, kun je zonder problemen gaan,' zei hij lachend, 'maar dat zou natuurlijk onze afspraken teniet doen.'

Ik glimlachte om de situatie.

Soms moet je gewoon in de gaten komen die je graaft.

Je moet het gewoon met vertrouwen doen.

'Ik denk dat ik helemaal van jou ben,' zei ik schouderophalend.

'Ik zou die glimlach graag van je gezicht willen wissen,' onthulde ze.

Zijn glimlach was nu groter dan de mijne en hij was niet meer vriendelijk.

Ik dwong de mijne om het te verhogen.

We zullen zien hoeveel van mij het kan veranderen.

Ze lachte om mijn lachgevecht.

'Ik wist dat je leuk zou worden.'

De grote klok boven aan de trap begon de tijd te slaan.

'Ik wil al je spullen in die mand. Daar horen ze te zijn tot je weggaat,' zei hij, wijzend naar de rieten mand.

Het lag nu in zijn macht en het was een bevel.

'Een makkelijke,' dacht ik.

Ik stopte mijn sleutels, telefoon, horloge en portemonnee in de mand en draaide me om om ernaar te kijken.

"Ik zei al je dingen, trut!" Ze bestelde.

Zijn toon verraste me.

Om de een of andere reden dacht ik dat dit wat hartelijker zou worden.

Ik klemde mijn tanden op elkaar toen ik me realiseerde dat hij het over mijn kleren had.

Ik wist dat we daar op tijd aan zouden komen, maar ik dacht aan de slaapkamer of zoiets.

Ik schoof het poloshirt over mijn hoofd en gooide het in de mand.

Het stoorde me dat ik zo snel was verhuisd om zijn eis te stellen.

Ik vertraagde tot een rustiger tempo: mijn tempo.

Ik ging op mijn knieën zitten en knoopte terloops mijn schoen los.

Ik hoorde het zoemen voordat ik de scherpe prik op mijn blote rug voelde.

"Shit!" Schreeuwde ik, meer verrast dan pijn.

"Sneller, je zit in mijn machtskreng!" verbeterde ze.

Ik keek naar het gezicht van een demon.

Dezelfde rode lippen, gewoon samengeknepen in een uitdrukking van kwaad.

In zijn hand een zwart paard van ongeveer 60 cm lang.

Aan het einde was er een stuk leer met een lus.

Dat was het punt waarop ik echt begon te twijfelen aan de verstandhouding van de deal die ik had gesloten.

De klok was nog niet eens klaar met zijn negende klokkenspel en hij had ernstige bedenkingen.

Ik was mijn glimlach kwijt.

'En er zullen geen walgelijke uitbarstingen meer uit je mond komen,' vervolgde hij, 'je zult me aanspreken als Meesteres. Begrijp je het?'

Ik had een visioen in mijn hoofd dat ik opstond en met mijn vuist op die weelderige rode lippen sloeg.

Maar ik zag Janeth huilen en Ralph probeerde zijn nieuwe vrouw te troosten.

Mijn maag keerde om.

"Ja," zei ik zachtjes en versnelde het uitkleden.

Het geluid was harder en ik kromp ineen voordat het me raakte.

Ik beet een storm van krachttermen terug en liet alleen een beetje grommen.

"Als dat?" eiste.

Het was totale onderwerping.

Het was tegen alles in mijn wezen.

Vierentwintig uur?

Hij wist niet zeker wat het na de eerste minuut zou halen.

"Ja meesteres," mompelde ik.

Ik gooide snel mijn schoenen en sokken in de mand en stond op om mijn broek uit te trekken.

Zijn glimlach was teruggekeerd.

Terug naar de warme en gastvrije glimlach.

Verdorie, hij had haar behaagd.

Ik had liever dat ze vervelend was.

Hij was boos en het was niet meer dan eerlijk dat zij ook leed.

Ik deed in één beweging mijn boxershort en broek uit.

Ik heb ze niet in de mand gedaan.

In plaats daarvan gooide ik ze weg met een houding van walging.

Ik hoefde het niet leuk te vinden.

De mand gleed een paar centimeter van de kracht af.

Ik kreeg een sarcastische glimlach.

Ik wist niet zeker of het mijn houding was of het feit dat mijn nu blootgestelde lul geen grote interesse in de situatie toonde.

"Op knieën!" eiste.

Ik viel snel op de grond en het koude marmer verpletterde mijn knieën.

Ik hield mijn uitdrukking van walging vast en keek uitdagend, zo veel als een naakte man maar kon, in zijn ogen.

"Kijk naar beneden!" ze bestelde.

Deze keer bewoog ik me langzaam.

Ik stelde mezelf gerust voordat ik hem een onheilspellende blik wierp terwijl mijn ogen van hem, langs zijn borst, langs zijn bekken bewogen en aan zijn voeten eindigden.

Ze was vrij slank en fit voor veertig.

'Veertigjarige hoer,' verbeterde ik mezelf.

Hij leunde naast mijn oor.

'Blijf zo. Terwijl ik me voorbereid, bedenk dan een goede verontschuldiging met de mand voor wat er is gebeurd,' fluisterde hij luid.

Zijn hete adem bezorgde me een koude rilling.

Zijn woorden zonden woede door mijn bloed.

Fuck als ik me ga verontschuldigen voor een mand.

Ze liep naar de trap.

HOOFDSTUK 5

De vos liet me daar, geknield op het koude marmer, vijftien minuten lang.

Ik wist het, omdat ik vals speelde door naar de klok boven aan de trap te kijken.

Ik moest mijn rebellie tonen waar ik kon.

Er waren nog maar drieëntwintig en drie kwartier over.

Mijn hoofd was naar beneden, maar mijn ogen lekten stiekem omhoog toen de demon de ladder afkwam.

Ik verwachtte een soort strakke zwarte latex outfit met lange teenhakken.

Maar ik had niet verwacht wat er van de trap af kwam.

Ik was helemaal naakt.

Niets, zelfs geen sieraden of sieraden.

Zijn hand hield de vervloekte zweep nog steeds zelfverzekerd vast.

Ik vervloekte mijn pik toen hij bij elke stap die hij zette lichtjes op haar stuiterende borsten begon te reageren.

Ze liep de trap af en liet duidelijk de resultaten zien van welk oefenprogramma ze ook deed.

"Bitch, bitch, bitch," corrigeerde ik mijn hersens.

Mijn pik negeerde me als een slijmerige verrader.

Hij stond voor me, mijn hoofd wees naar zijn voeten, mijn ogen zoekend tussen zijn benen.

Hij haatte mezelf omdat ik het wilde zien.

Daar was het, een halve meter verderop, een mooie haarloze spleet, naakt als op de dag dat ze werd geboren.

Ik slikte voordat ik kwijlde en mijn ogen weer naar de grond dwong.

'Kreng, kreng, kreng. En mijn verraderlijke lul neuken.'

'Uw verontschuldiging?' Het klonk als een vraag, maar hij wist dat het een bevel was.

Ik was helemaal vergeten er een te verzinnen.

Het is maar een mand met stront.

'Sorry mand,' mompelde ik.

Hij kon niet geloven hoe gênant het was om het te zeggen.

De snap waarschuwde me nogmaals wat er zou komen.

"Dat ... klinkt niet ... oprecht!"

Hij benadrukte elk woord met een stekende zweep van de zweep naar mijn dij en zijkant.

Een voor een was het beheersbaar.

Ik kneep onwillekeurig mijn ogen tot spleetjes en kon de vlaag van slagen nauwelijks op prijs stellen.

Visioenen van het ding uit zijn hand te grijpen en over zijn lichaam te slaan overspoelden mijn hoofd.

Waarom ben ik het hiermee eens?

Hij zweeg even, ik nam aan dat hij me het nog een keer zou laten proberen.

Ik liet mijn ogen een beetje omhoog gaan, meer om te zien of er weer een klap op komst was.

Wat ik zag, was iets dat op de lippen van haar vagina scheen.

Mijn pijn wond haar op.

Dit was een verlies-verlies, hoe ik ook reageerde.

'Het spijt me zo, mevrouw Basket. Ik zal u nooit meer minachten.'

Ik trok het van mijn kruin en verkondigde het duidelijk.

De heks hurkte neer tot mijn niveau.

Ik keek even toe hoe haar onderlipjes uit elkaar gingen en de natte roze bloem onthulde.

Ze tilde mijn kin op en dwong mijn ogen naar de hare te kijken.

'Ik geloof je', zei hij met die liefdevolle glimlach.

Verdomme, ik heb haar weer gelukkig gemaakt.

En die verdomde felrode lippen waren centimeters van de mijne verwijderd.

Ik wilde ze tussen mijn tanden zodat ik kon bijten en kijken of hun bloed zo rood was.

Ik was er zeker van dat mijn woede duidelijk op mijn gezicht te zien was.

Zijn glimlach werd groter toen zijn ogen tussen mijn benen vielen.

Mijn lul had besloten mijn woede te negeren en te genieten van zijn naaktheid.

"Raak dat aan en ik zal je ware woede tonen", onderstreepte ze met robijnrode lippen.

Ze benadrukte haar punt door mijn erectie lichtjes aan te raken met het leren uiteinde van de zweep.

Ik huiverde bij de implicaties.

Mijn verraderlijke lul trilde bij de aandacht.

'Fuck me' was alles wat ik kon bedenken.

Ze stond op terwijl ik mijn hoofd op de grond boog.

Mijn ogen gingen weer naar haar voeten en merkten op dat hun teennagels feilloos in een felrode lak waren geverfd.

'Volg mij,' beval hij en liep naar de trap.

"Ja mevrouw," zei ik zonder na te denken.

Ik balde mijn handen tot vuisten om mezelf te straffen voor het vallen voor zijn spel.

Mijn benen deden pijn toen ik opstond.

Ze genoten niet echt van de knielende houding en klaagden totdat ik ze weer rechtop kon krijgen.

Bij het beklimmen van de trap kreeg ik het bloed door hen heen stromen en ze kregen hun kracht terug.

Ongemakkelijk volgde ik haar van achteren de trap op.

Ik stelde me situaties voor met een soort martelkamer.

En het zien van haar strakke kont hielp de situatie helemaal niet.

Bij elke stap zwaaide het naar links of rechts, maar het stuiterde nooit.

Het was als een stevig kussen dat smeekte om gestreeld te worden.

Ik hield mijn handen stil en probeerde wanhopig de aanblik te negeren.

'Kreng, kreng, kreng.'

HOOFDSTUK 6

Ik volgde haar door de gang naar een kamer aan de andere kant.

De angst sloeg weer hard toe.

Dat is precies waar een privé-sekskamer zou zijn.

Weg van het gebruikelijke pad waar gasten waarschijnlijk niet zouden struikelen.

Mijn hart ging een beetje sneller.

Het idee om gebonden te zijn aan een vreemd artefact met de demonische heks de volledige controle, was geen erg prettig idee.

Ik zou onderdanig kunnen spelen, maar ik denk niet dat ik de hele weg zou kunnen gaan.

Ik vertraagde mijn pas en probeerde mezelf wat tijd te geven om na te denken.

Er was nog geen uur verstreken.

Ik zag haar de kamer in verdwijnen.

Ik stopte, sloot mijn ogen en probeerde te bedenken hoever ik wilde gaan.

Hij was bereid verder te gaan zolang hij hem kon tegenhouden als hij dat wilde.

Dat was de grens die hij niet wilde overschrijden.

Tot slaaf gemaakt worden was geen optie.

Zelfs als hij in de rij moest wachten voor werklozen, zou hij dat niet aan haar geven.

Mijn trots kwam sterk terug.

Ik liep naar voren met een doel.

Dit begon nu te eindigen.

Ik liep de kamer binnen en verloor mijn gedachten uit het oog.

De kamer was licht en ruim.

Twee openslaande deuren kwamen uit op een balkon dat was bedekt met kleurrijke bloempotten die de kamer zijn parfum gaven.

Er was een wit dressoir met flessen en lotions en een stapel schone witte handdoeken.

In het midden van de kamer stond een massagetafel.

En ze lag op haar buik met haar hoofd op een klein kussen, haar ogen staarden me aan als dolken.

"Beweeg, trut!" Ze spuugde, 'de hete olie staat op het dressoir.'

Een massage zou het kunnen doen.

Als je haar boze ogen zou vermijden, zou ze er prachtig uitzien op tafel.

Ze had de juiste ronding in haar onderrug om haar billen te accentueren.

Ik glimlachte om mijn geluk.

'Sorry meesteres,' zei ik, terwijl ik me snel door de olie bewoog.

Ze sloeg me op mijn kont met de zweep toen ik passeerde.

Dus ik huiverde een beetje die leek te voldoen aan zijn behoefte om te straffen.

In werkelijkheid zat er geen kracht achter.

Als je erover nadenkt, ik had nu de leiding.

Zijn huid was overgeleverd aan mijn genade.

Ik walgde niet eens van mijn lul, want hij deed zijn best om de schoonheid voor me naar voren te brengen.

Ik gooide een handdoek over mijn schouder en trok de dispenser voor hete olie van de kachel.

Ik kon de lavendelgeur ruiken die de olie verspreidde toen ik naar de tafel liep.

'Begin met mijn armen,' zei hij zachtjes.

Hij zette de zweep aan het ene uiteinde van de tafel en legde beide armen langs de zijkanten.

Ik spoot olie op mijn handen en wreef ze tegen elkaar om een mooi, gelijkmatig mengsel te krijgen.

Ik begon aan zijn rechterhand, met name de handpalm, met mijn duimen.

Hij wist het een en ander over hoe je een massage moest geven.

Ik heb een paar hele goede gehad en ik herinnerde me hoe het was gedaan.

Ik had er ooit een op een cruiseschip dat me praktisch naar de hemel bracht.

Die oudere vrouw van in de zestig had de handen van een engel.

Ze veranderde al mijn spieren in gelei.

Deze keer zou hij proberen zijn talenten te verdubbelen.

Mevrouw Buttingson kreunde terwijl ik mijn duimen over haar handpalm sleepte.

Ik voelde dat de spieren in zijn hand hun spanning wegnamen.

Ik ging naar de pols na nog een laag olie, zachtjes kneedend en langzaam de druk opgevoerd toen ik de vlezige onderarm bereikte.

Ik zag haar langzaam ademen en ze corrigeerde haar hoofd voor haar comfort.

Ze viel uit elkaar in mijn handen.

Ik bracht meer olie aan en werkte in langzame cirkels rond haar biceps terwijl ik naar haar kont keek.

Het was echt iets heel moois.

Ik bewoog om zijn hoofd heen, langs de inactieve zweep, naar zijn linkerhand.

Ik herhaalde het proces op die arm met meer gekreun van de duivel als antwoord.

Mijn hoofd zweefde met visioenen van het grijpen van de zweep en het schilderen van een paar mooie strepen op haar stevige kont.

Op dat punt besefte ik dat ik een beetje nerveus werd.

Ik was hier ongeveer een kwartier mee bezig en het voelde alsof ik al een eeuw bij dit spel zat.

'Kijk niet meer naar mijn reet,' beval hij.

Ik realiseerde me dat zijn ogen in de mijne keken.

"Het is moeilijk om Meesteres te negeren," zei ik en glimlachte.

Ik denk dat er twee dit spel kunnen spelen.

Hij had niets slechts gezegd en haar net een versluierd compliment gegeven.

Misschien dacht ze dat ze hem had verteld dat haar kont in orde was, of dat hij te groot was, of bedoelde ze gewoon dat ze naakt was.

Ik kon de gedachten achter zijn blik zien en ik genoot van zijn verwarring.

Ik ging over zijn hoofd heen, bedekte mijn handen met meer olie en begon op zijn schouders te werken.

"Waarom is het moeilijk te negeren?" vroeg hij op een toon die een beetje dreigend klonk.

De lange vertraging tussen mijn verklaring en uw vraag was heerlijk.

Alle vrouwen twijfelen aan hun lichaam.

Zelfs een rijke en krachtige teef zoals zij.

Er was geen raketwetenschapper voor nodig om te weten dat hij een zwakke plek had geraakt.

'Ik ben niet degene die het u vertelt, meesteres.'

Ik ontweek het als een bediende uit het begin van de 19e eeuw.

Hij had weinig macht in de relatie, maar hij zou grijpen wat hij kon.

Ik wist dat dit in mijn gezicht zou kunnen ontploffen, maar wat maakt het uit.

Sommige risico's zijn leuker dan andere.

Ze kreunde terwijl ik stevig achter haar oren en langs haar nek kneedde.

'Hou op met rotzooien en reageer,' zuchtte hij.

Het was moeilijk voor haar om boos te worden terwijl ze aan haar nek werkte.

Hij voelde dat de spieren hun verlangen om wakker te blijven, verloren.

'Nou, het valt een beetje op, mevrouw,' ik waagde een gokje.

Hij wist dat de situatie op dit moment naar de slechte kant van het spectrum neigde.

Ik voelde de spieren onder mijn vingers aanspannen.

Het heeft het plagen misschien iets te ver geduurd.

Ik leunde in zijn oor en fluisterde:

'Omdat het verdomd perfect is.'

Ik heb de Meesteres weggelaten om haar voor de gek te houden.

Ik wilde zien hoe hij om zou gaan met een compliment vermengd met insubordinatie.

Hij hief langzaam zijn hand, greep de zweep en raakte lichtjes mijn dij aan.

"Het is verdomd perfect, meesteres," herhaalde ik.

"Dan heb je mijn toestemming om naar mijn kont te kijken," zei hij slaperig en bracht de zweep en zijn hand terug naar de massagetafel.

Ik zag een halve glimlach en wist dat onder zijn harde uiterlijk een verlegen vrouw lag.

Een punt voor mij.

Ik begon aan zijn rug te werken.

Ik legde mijn geoliede handen langs haar ruggengraat, net boven haar kont.

Toen ging ik langs de zijkanten terug naar de top, nauwelijks de zijkanten van haar verpletterde borsten schraapend.

Mijn fantasie begon te werken en ik zag die robijnrode lippen rond mijn pik cirkelen terwijl ik heen en weer bewoog langs zijn rug.

Het zou maar een kleine kanteling van zijn hoofd hebben gekost om het te doen.

Ik ging snel terug naar zijn zij om het beeld uit mijn hoofd te krijgen.

Ik had een grote behoefte om met mijn erectie om te gaan.

Ik lag nog tien minuten op zijn rug voordat ik opstond.

Als je iemand echt wilt ontspannen, probeer dan een massage met hete olie op de voetzolen.

Ik bracht haar bijna in slaap terwijl ik aan haar tenen werkte en met mijn duimen over haar voetzolen wreef.

Ik kon zelfs mijn erectie kalmeren, tenminste totdat ik opkeek.

Genesteld tussen haar dijen, net onder haar perfecte kont, was een deel van haar intieme bloem zichtbaar.

Ik voelde een steek mijn pik opnieuw opwinden.

Ik probeerde weg te kijken, maar er was een behaaglijke glans op de blootgestelde lippen.

Ik was nat en ik was bloedheet.

Prachtige lippen, perfecte kont en glanzend poesje, dit was meer dan een man zou moeten verdragen.

Ik dwong mezelf om naar zijn voeten te kijken en verdubbelde mijn inspanningen.

Het duurde niet lang voordat mijn ogen terugkeerden naar de top van haar dijen.

Mijn ballen begonnen al pijn te doen.

Ik schoof opzij en begon aan zijn onderbeen te werken.

Ze herstelde haar positie op het kussen met haar ogen dicht.

Ik kon nu alleen haar prachtige kont zien.

Beide sets lippen waren voor mij verborgen, wat een beetje hielp.

Ik richtte me op zaken.

Ik dacht na over wat er kon worden gedaan met het nieuwe werkkapitaal.

Het kan de marketing verhogen en dus de verkoop verhogen als we weer op het goede spoor zijn.

Ik zou Ralph kunnen inhuren voor wat hulp en de uiteindelijke ontwikkeling kunnen versnellen.

Er was een bedrijf dat gespecialiseerd was in gebruikersinterfaces die de gebruikerservaring konden verbeteren.

Die gedachten verminderden de zwelling niet, maar ze kalmeerden wel de onmiddellijke aandrang.

Nog een kwartier en alleen haar kont was niet geolied.

Hoe graag ik dat strakke vlees ook wilde kneden, ik dacht niet dat mijn arme ballen er tegen konden.

Ik wist ook niet zeker of zijn terugkeer mij enig plezier zou doen.

Misschien zou het uur dat hij al met haar had doorgebracht voldoende zijn.

'Je negeert mijn reet expres,' zei hij afwijzend.

Ik stopte even met ademen terwijl ik naar zijn strakke perfectie staarde.

Het was tijd voor een stukje waarheid.

'Ik ga gewoon ontploffen, meesteres,' zei ik met tegenzin.

Hij hoopte dat ze wat genade zou tonen.

Verdorie, dat zou me geruststellen.

Hij hief lui zijn hoofd op en keek tussen mijn benen.

Ik volgde zijn blik.

Er was een lange ketting van doorzichtig voorvocht van het puntje van mijn pik tot op de grond, eindigend in een kleine plas.

'O,' zei ze met weinig medeleven, 'in het belang van je werknemers hoop ik dat je niet alles verliest voordat de tijd om is.' Ze legde haar hoofd op het kussen. "Ga door met werken."

'Verdomde hoer!' Ik zei tegen mezelf.

Ik zei het bijna hardop, maar zijn verwijzing naar mijn werknemers deed me het tegenhouden.

Ze was een sexy en boze demon hoer.

Ik ben nog nooit zo laag geweest in mijn leven.

Ik bedekte mijn handen opnieuw met olie, sloot mijn ogen en kneedde die prachtige billen.

Ik probeerde me voor te stellen dat ik pizzadeeg kneedde.

Het lukte niet.

Uiteindelijk beet ik op de binnenkant van mijn wang totdat ik bloed proefde.

Hij haatte haar destijds met een passie.

Ik begon te denken dat mijn eerdere gedachten over de kerker beter zouden zijn geweest.

De pijn hielp dus ik beet op mijn tong.

Moeilijk.

Ik heb meer olie aangebracht en besloot voor opschudding te zorgen.

Dit keer streek ik met de zijkant van mijn hand tussen haar billen, opzettelijk langs haar anus.

Ik deed het niet teder en deed niet alsof het een ongeluk was.

Ik zag zijn voeten springen.

Niet meer van deze trage, schattige shit.

Mijn lul maakte me kapot en woede en pijn waren de enige dingen die me een beetje rust gaven.

Trouwens, ik sleepte mijn hand naar de spleet en zorgde ervoor dat haar anus niet genegeerd werd.

Ik zag zijn hele lichaam samentrekken en zijn hoofd opgeheven.

Ze rolde op haar zij, haar kont buiten bereik.

"Op knieën!" ze schreeuwde.

Ik viel op mijn knieën en sloeg mijn ogen op de grond.

Hij kon niet geloven hoe hard hij ademde.

Hij kon haar naaktheid tenminste niet meer zien.

Mijn arme lul bewoog en smeekte om verlichting.

Ik sloot mijn ogen en bad om pijn.

Ik hoorde het geroezemoes en kromp niet ineen toen het me op mijn rug raakte.

Ik heb genoten van de pijn.

Ik steunde daarop.

Het was een geweldige afleiding.

Er kwam een geluid uit mijn mond, geen gekreun, meer maar een gekreun van opluchting.

Een andere buzz, krachtiger dan de eerste, siste langs mijn oor en sloeg me in de borst.

Deze keer stootte ik een "ahhh" uit toen het bloed uit mijn pik begon te stromen en terug in mijn lichaam.

Er was geen derde treffer, hoewel ik een derde wenste.

"Meer," smeekte ik hem.

Ik moest mijn lust verliezen.

Ik was zo ver gekomen dat ik besloot dat ik nu niet zou stoppen.

Ik wilde dat de passie van mij werd afgenomen.

Hij antwoordde me zwijgend.

Ik deed mijn ogen open en keek op.

Ze stond voor me in haar naakte glorie, met die volle robijnrode lippen en haar zwarte zweep in de hand.

Hij had verwarring op zijn gezicht.

Ik vond het niet leuk, ook al wist ik dat het moest.

"Alsjeblieft," smeekte ik hem opnieuw.

Ik was bang dat mijn delen zouden breken.

Ik wilde voor het eerst in mijn leven mijn erectie verliezen.

Hij hief de zweep, dacht er beter over na en liet hem naast zich vallen.

'Ogen neergeslagen! Blijf zo!' Hij bestelde en verliet toen de kamer.

HOOFDSTUK 7

Ik heb geen idee hoe lang het weg was.

Het enige wat hij wist was dat de stilte en het gebrek aan visuele stimulatie langzaam alles weer normaal maakten.

Mijn hartslag zakte en ik voelde me weer kalm.

In die tijd had ik het moeilijk om te begrijpen hoe ik op het punt kwam waarop ik vroeg om geslagen te worden.

Ik hield de wetenschap vast dat ze het duidelijk niet leuk vond om gevraagd te worden.

Hij had weer een kleine cheque gekregen.

Toen de demon terugkeerde, vond hij me nog steeds geknield en starend naar de grond.

Het was destijds een soort therapeutische positie voor mij.

Het stelde me in staat om zonder afleiding te denken en de lichte pijn in mijn knieën hielp me om uit mijn pre-orgastische situatie te komen.

Ze leunde achterover op de tafel.

'Je zult opnieuw beginnen,' zei ze, 'je zult kalm blijven en je vingers zullen liefdevol zijn.'

Het lijkt erop dat ze grenzen had aan haar dominantie.

Ik denk dat ze mijn limiet vond en bereid was een stapje terug te doen, maar dat wilde ze niet toegeven.

Ik was verrast om het woord 'liefde' te horen.

Dat leek niet te passen bij de regeling die ze had bedacht.

En het was gewoon geen goede beschrijving van wat hij deed toen ik hem aanviel.

Ik stond op en boog mijn knieën om het bloed terug in mijn benen te krijgen.

Ze lag daar prachtig.

Haar borsten waren iets naar de zijkanten ontspannen en haar haar viel over het kussen en op de vloer.

Ze had de vlecht verwijderd die haar haar een mooie krul gaf.

Maar ik was een beetje gestrest.

Deze vrouw was aan het rekenen.

Ik beloofde mezelf dat ik voorzichtig zou blijven.

"Waar zou mijn Meesteres willen beginnen?"

Ik was terug in het begin van de 19e eeuw.

Ik glimlachte en voelde me weer meer mezelf.

'Armen, schouders, borsten, buik en dan het poesje. In die volgorde,' verklaarde ze zonder voorbehoud.

Mijn pik schokte.

Kreng, dacht ik.

Ze probeerde provocerender te zijn.

Ze zou me terug laten komen om aan te trekken.

Ze zou me met angst "vermoorden".

Toen ze zei "lief te hebben", wilde ze langzaam doden.

"Ja, meesteres," antwoordde ik.

Ik smeerde mijn handen in en probeerde aan honkbal te denken.

Hij haatte honkbal.

Ik ging in haar armen aan het werk, langzaam zoals ze vroeg.

Ik kon mijn ogen van zijn delen afhouden en me alleen concentreren op waar mijn vingers waren.

Hij wist dat dit alleen zou werken totdat het bij haar borsten kwam, maar het werkte nu.

Mijn pik was behoorlijk leeg en hopelijk wou ik dat ik eruit kon trekken.

Uit mijn ooghoek zag ik een veelbetekenende glimlach.

'Kreng, kreng, kreng.'

Toen ik bij zijn schouders kwam, moest ik op zijn hoofd gaan staan.

Mijn perifere zicht ving haar robijnrode lippen en haar borsten op.

Mijn lul respecteerde dat evenzeer alsof het een teken van aanmoediging was.

Ik haalde langzaam adem en probeerde mijn hartslag te vertragen.

Ik sloeg mijn ogen neer en zag alleen haar lippen.

Die twee prachtige robijnrode lippen.

Ze likte ze heel lichtjes af.

Ik keek hem snel in de ogen en zag er humor in.

Toen zuchtte ze en deed haar lippen zachtjes van elkaar.

Hij knipperde lang met zijn ogen toen hij zag dat mijn pik weer begon te groeien.

Zijn uitputting zou zijn wedergeboorte tenminste een beetje kunnen vertragen.

Toen ik haar weer in de ogen keek, beet ze teder op haar onderlip.

"Meesteres, alsjeblieft," smeekte ik.

Ze had mij en ze wist het.

Ik had moeten proberen om harder te onderhandelen, misschien minder tijd, vaker over dates.

Vierentwintig uur leken buiten het normale uithoudingsvermogen van mannen.

"Mijn borsten nu."

Ze negeerde mijn smeekbeden en bleef druk uitoefenen.

Zijn glimlach kreeg weer die slechte kwaliteit.

Ik heb een nieuwe laag olie op mijn handen aangebracht.

Ik stopte door ervoor te zorgen dat ze goed bedekt waren.

Ik had zoveel blokkers nodig als ze me konden helpen.

Ik leunde naar voren en terwijl ik dat deed, voelde ik zijn uitgespreide haar het puntje van zijn pik kietelen.

Ik sprong bijna uit mezelf toen ik de zachte streling van haar vlechten voelde.

Een half gegiechel ontsnapte aan de lippen van de teef.

Ik begon naast haar te bewegen, weg van die prikkelende bruine lokken.

"Blijf waar je bent en concentreer je op de tepels," beval hij. 'En met tederheid', voegde ze eraan toe, waarschijnlijk denkend aan mijn vorige baan.

Ik probeerde mijn bekken op geen enkele manier te bewegen en begon haar borsten teder te masseren.

Ik legde voorzichtig de tepels tussen mijn duim en wijsvinger.

Ik voelde zijn haar door mijn groeiende erectie kruipen.

"Mmmm, dat voelt goed," fluisterde ze terwijl ze langzaam haar hoofd naar links en rechts bewoog en haar haar heen en weer sleepte.

"Meesteres, alsjeblieft," smeekte ik haar opnieuw.

Mijn lul begon zijn vroegere kracht te krijgen, dus de situatie grenst aan angst.

Hij wist niet zeker hoeveel hij kon innemen voordat de fysieke schade weer begon.

Ik bedoel, balpijn was één ding, maar misbruik ervan moest schadelijk zijn voor het ouderschap.

'Nu de buik,' instrueerde hij en wees naar haar rechterkant.

Ik zuchtte toen ik snel opzij schoof en mijn olie verfrist.

Hij was van plan daar zoveel mogelijk tijd door te brengen.

Als je goed tuurt, kun je een kleine zichttunnel vormen die je perifere zicht bijna volledig annuleert.

Ik heb die vaardigheid op dat moment geleerd.

Haar tieten en poesje verdwenen uit het zicht en ik concentreerde me vrolijk op haar buik.

Ze moest het succes waarderen van elk oefenprogramma waarvoor ze was ingeschreven.

Ik kon de spieren onder de huid voelen.

Als ze een man was, zou ze een super plus-pakket hebben gehad.

'Ik neem aan dat je als man gedachten hebt over mijn parmantige borsten,' zei hij mondjesmaat, 'je zou waarschijnlijk wel willen weten hoe het zou zijn om je pik ertussen te laten glijden.'

De visioenen drongen weer mijn brein binnen.

Ik sloeg mijn ogen neer en zag niets dan glibberige, glanzende borsten.

"Oh God!" Riep ik uit terwijl het bloed weer over mijn pik stroomde.

Ze negeerde mijn gebrek aan slaafsheid in mijn taal.

"Ik vermoed dat het warm zou zijn om je pik ertussen te hebben gewikkeld. Hoe lang denk je dat je het volhoudt voordat je jezelf leegmaakt op mijn lippen?"

Zijn toon was nonchalant.

Mijn knieën werden slap en ik voelde me een beetje duizelig.

Ik sloot mijn ogen en begon te hyperventileren.

Ik vocht hard om het beeld van haar met sperma bedekte lippen uit mijn hoofd te krijgen.

Het is buitengewoon moeilijk om niet aan zoiets te denken als ze je erover vertellen.

"Olie in mijn poesje nu," instrueerde ze.

Hij hief zijn knieën op en spreidde zijn dijen.

Ik werkte hard om mijn erectie mentaal te verzwakken terwijl ik mijn handen opnieuw smeerde.

En het faalde jammerlijk.

"Ik vind het erg leuk omdat je nooit weet wat er kan gebeuren."

Mijn pik kwam weer tevoorschijn bij zijn woorden.

Ik bukte me bijna om het leeg te maken.

Een miljoen dollar: dat betekende zijn bijdrage plus de lengte van de lening.

Het was gewoon een harde zaak van een miljoen dollar.

Ik beet op mijn tong en masseerde zo teder mogelijk de olie in haar kut.

Ik voelde elke kam en het geven en nemen van haar tedere, zachte lippen.

Maar zonder iets te zien, hield hij zijn ogen dicht.

"Gebruik beide handen. Ik wil dat je me een lekker langzaam orgasme geeft," beval hij.

Ik ging aan het werk en haalde diep adem, hield elke ademhaling een paar seconden in en liet hem toen langzaam weer los.

Mijn linkerhand was bezig met het testen van haar kap om haar clitoris te plagen.

Ik stak langzaam twee vingers van mijn rechterhand in haar warme opening.

Ze had geen olie nodig, haar kwelling op mij was genoeg om haar hele kanaal te doordrenken.

"Ja, dat voelt goed," moedigde ze aan, "zo lekker langzaam."

Hij zou het niet kunnen doen.

Zelfs met mijn ogen dicht, wisten mijn zintuigen waar mijn handen waren.

Ik ging mijn lading gooien en ook al zou ik mijn lul nooit aanraken.

Er was maar één oplossing.

"Je bent een trut!" Kondigde ik aan en verplaatste mijn kont naar het hoofd van de tafel.

Het gesis van de zweep was bijna ogenblikkelijk.

Ze wachtte tot ik uit elkaar zou gaan.

Deze keer gaf ik hem wat hij wilde, ik schreeuwde van de pijn toen de zweep mijn kont vond.

Haar heupen gingen omhoog.

Ik schreeuwde weer toen de tweede stoot landde en voelde de spieren van haar kutje tegen mijn vingers klemmen.

De zweep viel op de grond toen haar orgasme de volledige controle over haar lichaam kreeg.

Mijn linkerhand bewoog snel, speelde met haar clitoris, terwijl mijn rechterhand haar vingers dieper dwong.

Een luid gekreun weergalmde het balkon op en haar rug kromde zich.

Het gekreun steeg en daalde in frequentie terwijl golven van plezier door haar lichaam stroomden.

Ik vocht om de aanval met mijn vingers vast te houden.

Toen haar heupen zakten, reduceerde ik mijn linkerhand tot zachte bewegingen.

Mijn rechterhand ging naar een langzame inwendige massage.

Ze zuchtte luid en liet haar knieën zakken.

Mijn behoefte was iets afgenomen omdat ik me op de hare had geconcentreerd.

Een vreemde omgekeerde relatie.

Ik verwijderde voorzichtig mijn handen terwijl zijn ademhaling vertraagde.

Ik keek naar zijn slappe en verzadigde lichaam en vond hem op de een of andere manier mooi.

Ik bukte me en pakte de zweep van de grond.

Als een idioot heb ik het aan hem overhandigd.

"Ik hoop dat mijn Meesteres me vergeeft dat ik haar een teef noem," zei ik met valse oprechtheid, "ik had het gevoel dat ik een beetje ... aanmoediging nodig had."

Hij was klaar voor nog een paar stoten, goed geplaatst.

Het was de moeite waard om hem te laten weten dat hij zijn aandacht had.

Verrassend genoeg pakte ze de zweep en klopte op mijn onderarm.

'Dat moment was uitstekend', zei hij met zijn warme, uitnodigende glimlach.

Ik duwde teder een bezwete lok van haar haar van de voorkant van haar gezicht tot achter haar oor.

Hij had een sterk verlangen om die robijnrode lippen te kussen.

Ik schudde mijn hoofd en keek weg.

De teef martelde me al meer dan een uur.

Ik zou hem nu niet leuk gaan vinden.

Ik zal erover nadenken om hem maandag leuk te vinden als ik een miljoen dollar heb.

Vierentwintig uur leken opeens niet zo indrukwekkend.

HOOFDSTUK 8

Hij zat op de rand van de tafel.

'Je gaat me nu in bad doen,' zei ze terwijl ze zich weer in bedwang hield.

Ik bad dat mijn lul dit als een klinische operatie zou zien.

Ik maakte me echt zorgen over het aantal ontevreden erecties dat een man per dag kan krijgen.

Misschien zou een lul het kunnen opgeven en nooit meer opstaan.

Ik was geen fan van deze ontkenningsstront.

Toen hij opstond, gleed zijn voet over iets op de grond.

Ik zag zijn achterhoofd snel bewegen om de tafel te raken.

Zonder na te denken kwam ik dichterbij en ze belandde veilig in mijn armen.

Ik zuchtte van opluchting.

De adrenaline die in mijn systeem werd gepompt, deed me een beetje trillen toen ik haar opstond.

Ik realiseerde me niet eens dat we naakt waren en dat ik haar borsten vasthield totdat ik haar losliet.

Het was de tweede keer vandaag dat ik verwarring in zijn ogen zag.

Even verloor ze de controle en werd ik de controller.

Ik weet niet waarom ik de behoefte voelde om in de problemen te komen, maar dat deed ik.

'Heeft Meesteres moeite om u te bedanken?'

Ik glimlachte toen ik het zei.

Het was een wrange glimlach die een klap verdiende.

Ik wilde haar geduld aanscherpen, aangezien ze de hele tijd met het mijne had gespeeld.

Ik heb iets ontvangen dat ik niet had verwacht.

'Bedankt, Richy,' zei hij oprecht.

Hij leunde voorover en kuste mijn voorhoofd.

Het was het soort kus dat een moeder een kind zou geven.

Het verschil was dat mijn moeder nog nooit zulke sensuele robijnrode lippen had.

Ik merkte dat ik op haar leunde en wenste dat ze meer was dan de kus die ze was.

'Maak nu de vloer schoon. Je lul kwijlt me bijna dood.'

Zijn stem keerde onmiddellijk terug naar de teef.

Ik pakte een schone handdoek en begon op handen en knieën de kleine sporen van voorvocht af te vegen die ik op de vloer rond de tafel had achtergelaten.

Ik vroeg me af of iemand uitgedroogd zou kunnen raken door in dit tempo vocht te verliezen.

Ik nam mijn tijd terwijl ze achter me stond.

Hij leek het leuk te vinden om me naakt te zien terwijl ik de vloer schoonmaakte.

Ik genoot ervan om de onvermijdelijke terugkeer naar het lijden te behouden.

Misschien kan ik iets wasgoed doen of zoiets.

* * *

Wanneer de meeste mensen baden, is het een badkuip met een verhoogde kraan of een plastic ruimte van vier bij vier.

Deze vrouw hield van douches.

Het was een kleine cabine met meerdere douchekoppen in twee richtingen en een soort regenmachine die als een lamp aan het plafond hing.

Er was een bank, niet een soort stoel, maar een zwartmarmeren bank van ongeveer anderhalve meter lang die over de hele lengte van de muur liep.

De muren, de vloer en het plafond waren versierd met patroontegels, geen patroontegels, maar patronen gemaakt van tegels in verschillende kleuren.

Deze patronen waren smaakvol met verschillende gelaagde en gestreepte stijlen.

Er waren planken met plastic flessen en afwasgerei.

Door het natuurlijke licht dat door de matte ramen naar binnen viel, zag de hele kamer er erg uitnodigend uit.

"Wauw," zei ik en vergat de 'Meesteres' nogmaals.

Ik ben nog nooit onder de indruk geweest van een douche.

Hij wist echt niet dat hij ervan onder de indruk kon zijn.

Ik heb de sleutels niet gezien waar ik ze verwachtte.

Het water aan- en uitzetten was een mysterie.

Ik heb jaren geleden eens een vriendin gehad die het erg leuk vond om onder de douche de liefde te bedrijven.

Hij kon zich alleen het orgasme voorstellen dat ze op een plek als deze zou hebben.

Hij had al jaren niet meer aan Wendy gedacht.

Ze verliet me voor een accountant die wat meer getrouwd was.

De pauze was zelfs onder de douche na wat natte seks.

Ze wilde een nattere stoeipartij.

Vijf maanden later was hij op zijn bruiloft.

Ze was een braaf meisje en ik wenste haar echt het beste, maar de douches zijn sindsdien nooit meer hetzelfde geweest.

Mevrouw Buttingson kwam de badkamer binnen en ging aan het werk aan een plat paneel dat in de tegel aan de voorkant was ingebed.

Zijn vingers waren een waas terwijl hij een reeks keuzes oefende en een paar keuzes maakte voordat hij kon lezen wat ze waren.

Hij drukte op een digitale groene knop die verscheen en het scherm werd zwart.

Het water begon op een zachte, maar duidelijk stromende manier van het dak te regenen.

Ze stond in de deuropening te wachten.

Ik haalde mijn schouders op en wachtte met haar.

Het was misschien vijftien seconden later toen ik het begin van de symfonie hoorde.

Het was er een die hij dacht te herkennen, mogelijk van Mozart.

Hij moest een van de grote componisten zijn aangezien mijn kennis op dat gebied van muziek zeer beperkt was.

Hij kon alleen maar aannemen dat het begin van de muziek aangaf dat het water de gewenste temperatuur had bereikt.

Zodra de muziek begon, strompelde ze het water in.

Het was bijna alsof ik een beetje aan het dansen was.

Ik vond het magisch en erg erotisch.

Mijn pik was klaar om hem te negeren in de stijgende vochtigheid.

Ik ging achter haar staan en de regen van het water in.

Het water was een paar graden warmer dan ik denk dat het perfect is.

Het was duidelijk de exacte temperatuur die ze wilde.

Ze drenkte haar haar onder het vallende water en veegde het weg van haar gezicht.

Hij pakte een fles met iets uit een van de hoeken.

'Haar eerst,' zei hij respectloos.

Ik pakte de fles uit zijn uitgestrekte hand.

Hij zat op het uiteinde van de bank, benen gespreid in de warme regen.

Ik legde een knie op de bank zodat ik dichterbij kon komen en was verrast dat ik het koude marmer niet voelde.

Het verdomde ding was heet!

Ik deed wat shampoo op mijn hand en ging eraan werken.

Dit was Wendy's favoriete onderdeel geweest.

Ik masseerde haar hoofdhuid onder het mom van shampoo, en als ik klaar was, sloeg ze me hartstochtelijk tegen de muur.

Hij wist dat hij die heerlijke duikjes in de douche met deze teef niet opnieuw kon beleven, maar hij kon haar er wel wat van laten voelen.

Ik deed de shampoo op haar haar en lette goed op het wrijven over haar slapen als mijn vingers dichterbij kwamen.

Hij wist wat dat met Wendy kon doen.

Ik nam aan dat ik hetzelfde deed met mijn demonische verleidster.

Ze leunde achterover op mijn handen en kirde een beetje.

Ja, het had veel invloed op haar.

Ik hield van de kracht die hij me gaf, de wetenschap dat in ieder geval zijn zenuwstelsel voor mij aan het vervagen was.

'Waag het niet om te stoppen,' beval hij met een glimlach.

Ik heb geen idee wat vrouwen van me dachten buiten de slaapkamer, maar niemand had ooit geklaagd over mijn verwennerij.

Hij genoot van het voorspel, de onzelfzuchtige daden van hartstocht die een vrouw de lucht in sturen.

Ik heb die talenten hier gebruikt.

Hoe meer hij haar gelukkig maakte, hoe korter het zou zijn als hij zich meer lijden zou voorstellen.

Maar ik had het niet meer mis kunnen hebben.

HOOFDSTUK 9

Ik zag hoe ze haar benen spreidde terwijl ze haar nek tussen mijn vingers strekte.

Zijn hand bewoog sensueel tussen haar benen en een gekreun ontsnapte aan haar lippen.

Hij had nog nooit een vrouw zichzelf zien uitleven, althans niet persoonlijk.

Helaas begon mijn pik die show te waarderen.

Onbewust versnelde ik de beweging van mijn vingers.

'Langzamer', beval hij en leunde achterover om me een beeld te geven van waar zijn vingers vastzaten.

Ik probeerde niet te kijken, maar het was te mooi om te missen.

'Ik heb hier ooit een vrouw meegebracht', zei hij verleidelijk.

Ik kneep mijn ogen samen en wachtte tot haar verhaal daar zou eindigen.

"Ze hield van het warme water dat langs onze lichamen stroomde. Mijn god, ik hield van haar borsten. Ze waren zo stevig met gezwollen roze tepels dat ze er gewoon om vroegen om te worden gezogen."

Ze zette haar marteling voort terwijl haar hand sneller ging.

Hij was weer keihard en probeerde wanhopig te voorkomen dat mijn erectie tegen haar aankwam.

Wrijving zou het allemaal snel kunnen beëindigen.

'De dingen die ze met haar tong kon doen.' Ze bleef het zich herinneren. 'Toen hij tussen mijn dijen zat, voelde ik zijn tong in me krommen en me meenemen naar plaatsen waar geen man me ooit zou kunnen brengen.'

'Neuk me!' Ik zou komen.

Ik dacht erover om het in stijl te doen, gewoon mijn lid vastgrijpen en uitladen op de borsten van de teef.

"Ik moet gaan plassen, meesteres!" Ik gil.

En ik zou tegelijkertijd klaarkomen.

Ze moest me laten plassen.

Dat was de kans waar hij naar op zoek was.

Geef me een bad en tien seconden en ik dump het allemaal.

Als ik het daarmee een van de volgende twintig uur zou volhouden, zou dat gewoon een zegen zijn.

'Met zo'n stijve wordt het moeilijk voor je om het te doen,' zei hij en glimlachte veelbetekenend.

Ze draaide haar lichaam naar me toe en trok haar vingers tussen haar benen vandaan.

Ze glinsterden van hun vocht.

'Je hebt me niet eens laten uitpraten; en ik wilde je vertellen hoe geweldig het was geweest.'

En daarmee streek ze, en met haar sadistische spelletjes, met haar natte vingers over haar robijnrode lippen.

Onwillekeurig kreunde ik.

Ik viel op mijn knieën en maakte vuisten met mijn handen.

'Laat me alsjeblieft komen,' fluisterde ik tegen hem.

Mijn pik bewoog vanzelf.

Deze vrouw kan me naar believen tot het uiterste drijven.

Mijn bedrijf, mijn levensonderhoud lag in zijn handen.

Zijn hand sloeg hard op mijn schouder.

Hij zou de inzending niet correct herhalen.

Neuk haar.

"Jij wint teef," zei ik en mijn hand ging naar mijn erectie.

Ik zou het hier in de douche laten vallen, wat een even goede plek was als elk ander.

Ze bewoog zich sneller dan ze voor mogelijk had gehouden.

Zijn hand schoot naar buiten en greep mijn pols, niet hard, maar greep hem vast.

Net lang genoeg om me tegen te houden.

'Nee,' zei ze.

Ze klonk wanhopig.

'We nemen een pauze. Ik ging te ver, maar een pauze zoals de vorige keer zal werken.'

Er was diepe bezorgdheid in zijn ogen.

Ze probeerde me niet te buigen, ze wilde alleen controle.

Als ik zou willen, zou ik haar het mij laten doen.

Bij die gedachte ging mijn pik omhoog.

Een pauze was niet langer een optie, de overeenkomst zou nietig zijn, of hij dat nu wilde of niet.

Ik stond langzaam op, met een uitdrukking van woede op mijn gezicht.

Hij gooide een miljoen dollar weg en verpestte veel mensenlevens.

Er was angst op zijn gezicht.

Ik pakte een handvol van haar met shampoo bedekte haar, hield haar hoofd achterover en deed een stap naar voren.

Mijn lippen waren centimeters verwijderd van die begeerlijke rode robijnen.

'Raak me alsjeblieft aan,' gromde ik.

Ik weet niet waarom ik hem smeekte.

Een hand, bevend van angst, sloeg om mijn lid en ik voelde mijn ingewanden bewegen.

Zonder toestemming voegde ik zijn lippen samen met de mijne.

Ze waren zo vol en glad als ik me had voorgesteld.

Mijn heupen explodeerden en ik kreunde in zijn mond.

Ik voelde dat mijn lang vastgehouden sperma uit mijn pik werd verdreven.

De opluchting was enorm, het plezier onmetelijk.

Ik heb nog nooit zo'n bevredigend orgasme gehad.

Elk deel van mij kwam er in een gelukkige koor uit.

Zijn lippen reageerden toen hij op haar benen explodeerde.

Ik was in de tijdelijke hemel.

Er was geen deel van mijn lichaam dat niet tintelde van opwinding.

Het was echt een kus van een miljoen dollar.

Ik brak de kus toen ik uit de wolken kwam.

Ze viel op haar knieën in wat leek op een shock.

'Sorry, je bent te sexy om te negeren', verontschuldigde ik me tussen twee keer diep ademhalen.

Hij zou nog meer zeggen, maar hij had een bedrijf te redden.

Ik liet haar daar achter en staarde terneergeslagen naar de grond.

Hij had het bijna drie uur volgehouden.

De volgende keer zou hij iemand moeten kiezen met meer controle.

HOOFDSTUK 10

Ik had me maandag slecht moeten voelen.

Ik heb het niet gedaan.

Hij had besloten de waarschuwing weg te gooien.

Ik kon de nieuwe deadline van dertig dagen niet halen terwijl mijn medewerkers onwetend waren van hun lot.

Ze hadden te veel gedaan om me zover te brengen.

Het was niet zijn schuld dat het risicokapitaal naar de hel was gegaan.

Ik belde een vergadering in de centrale kamer.

De plaats waar we normaal gesproken tafels zouden opzetten voor kerstfeestjes of voor een toekomstige openbare viering.

Ik keek naar de vragende gezichten, nam mijn trots in me op en ging aan de slag.

"Ik was dit weekend in onderhandeling om de nodige fondsen te krijgen om het bedrijf draaiende te houden. Het werkte niet, maar ik heb dertig dagen om meer te vinden."

Hij had de problemen van het bedrijf voor iedereen goed verborgen gehouden.

De verrassing was duidelijk op hun gezichten te zien.

"Ik ben ervan overtuigd dat ik de nodige fondsen kan verwerven, maar als ik mijn doel niet haal, zou ik niet willen dat uw opties opraken. Ik zou graag zien dat iedereen op de oplossing wacht, maar ik weet dat sommigen van u dat wel hebben. gezinnen en andere overwegingen. "

Ik zweeg even om mijn gedachten te ordenen.

Ik had hier zondag veel over nagedacht en het leek al logischer.

"Ik zou het op prijs stellen als u de helft van uw werkdag voor het bedrijf zou kunnen besteden en de andere helft aan het bestuderen van uw opties. Ik zal uw salaris gedurende deze tijd niet verlagen, zelfs niet als u voor de helft werkt. Ik kan u het salaris voor aanstaande vrijdag garanderen. en de volgende over twee weken. Daarna kunnen onze geldschieters het salaris overnemen, dus houd hier rekening mee bij het maken van uw plannen. Ik zal eventuele aanbevelingsbrieven ondertekenen en geef u graag referenties zodat deze ervaring uw carrière niet vertroebelt . "

Mijn ogen tranen toen ik sprak over het verdwijnen van iets waar ik zoveel van mezelf in had gestopt.

'Het spijt me heel erg dat ik hier ben gekomen. Het is niet wat ze verdienen, maar ze verdienen de waarheid.'

Ik sloeg mijn ogen neer omdat ik er niet meer naar kon kijken.

Het klonk beter toen ik het op zondagavond besprak.

Janeth omhelsde me en ik voelde me erger.

Paul, onze accountant, riep:

'Ik zal hier zijn met regen of zonneschijn, Richy. Houd me gewoon op de hoogte.'

Er was een koor van overeenkomsten waardoor ik me een beetje beter voelde.

'Mevrouw Buttingson is terug, meneer Carrington,' fluisterde Janeth en wees naar de vergaderzaal.

Ik keek op en zag Virginia in haar strenge zakelijke kleding, maar zonder haar lakeien van gisteren.

Zijn ogen waren bijna net zo rood als zijn lippen.

Er was iets mis met de manier waarop ze stond.

Het leek bijna ongemakkelijk, misschien minder krachtig.

Toen hij zag dat hij haar had gezien, ging hij de vergaderruimte binnen en deed de deur dicht.

Ik keek weer naar de herenigde gezichten waar verwarring en sympathie heersten.

'Ik kom nu terug,' zei ik en liep naar de vergaderruimte.

HOOFDSTUK 11

Virginia liet zich in een van de stoelen zakken.

Al zijn commerciële evenwicht was uit zijn vel verdwenen.

Ik dacht niet dat iets deze vrouw zou kunnen beïnvloeden.

Tenminste niet in het openbaar.

'Ik wil het nog een keer proberen,' stamelde Virginia bijna huilend.

Haar ogen waren rood van het huilen.

Ze leed.

Hoe is het in godsnaam zo snel kapot gegaan?

'Virginia, mijn gezelschap kan niet jouw speeltje zijn,' zei ik medelevend, 'er staan te veel levens op het spel. Ik ben zo dankbaar voor de extra dertig dagen, maar ik kan niet al mijn hoop vestigen op een soort seksuele prestatie.'

Ze pakte de conferentietelefoon en draaide het nummer.

'Cottingcom National, hoe kan ik je helpen?', Begroette de telefoniste.

'Virginia Buttingson voor meneer Smith, alstublieft,' vroeg Virginia.

Er viel een pauze, dus ik ging zitten.

Dat was de bank van mijn bedrijf, waarmee ik de lening had.

Ik begon te denken dat mijn dertig dagen op het punt stonden te eindigen.

'Goedemorgen, mevrouw Buttingson, wat kan ik voor u doen?' Vroeg meneer Smith.

"Wat is de status van de overboeking?" vroeg ze botweg.

'Het is voltooid. Een miljoen, zoals gevraagd, op de rekening van Carrington, is al beschikbaar,' antwoordde Smith.

Ik stond versteld.

Dat waren er vijfhonderdduizend meer dan was afgesproken.

"Bedankt Brian." Virginia hing op en vervolgde: 'De deal is gesloten, zonder voorwaarden.'

'Wat ... nee ... ik weet niet zeker of ik het begrijp,' stotterde ik als een idioot.

'Ik heb het verpest. Ik wil nog een kans.' Ze was bijna in tranen. 'Alsjeblieft, Richy. Ik wist niet wat je zo had beïnvloed. Het was maar een spelletje.' Ze wilde me meer vertellen. Ik voelde het en zag het in zijn ogen. Ze was bang. 'Nee ... ik heb niet meer geslapen sinds je wegging. Ik was zo stom en ging door toen je me vroeg om dat niet te doen.' Ze was ongelooflijk kwetsbaar.

"Ik denk niet dat ik dat nog een keer kan doen," zei ik eerlijk, "ik ga hem haten, van hem houden en hem weer haten ..."

Ze onderbrak me.

'Kijk, er zijn onderdelen waar je van hield. We kunnen het nog een keer doen.' Dit klonk niet als de vrouw die me op mijn knieën had gesmeekt om verlichting.

'Ik ben in de war Virginia.' Hij fluisterde tegen haar dat ze haar stem moest dempen. Hij wist niet zeker hoeveel er buiten de kamer te horen was. 'Je leek hem alleen aardig te vinden als hij pijn had.'

Zijn hoofd viel in zijn handen en viel toen op de tafel.

Ze begon te snikken.

Ik liep om de tafel heen en ging naast hem zitten.

Ik wist niet zeker of mijn armen zouden helpen, maar ik kon haar niet laten huilen op tafel.

Ik nam haar in mijn armen en legde haar hoofd op mijn schouder.

'Sorry dat ik gewoon niet geschikt ben voor wat je wilt.'

'Maar je hield van me,' snikte hij in mijn oor.

Ik maakte me zorgen over zijn mentale toestand.

Hij wist niet zeker hoe hij liefde afleidde uit de paar uur die we samen doorbrachten.

Het was bijna allemaal een hectische en pijnlijke race van mijn kant.

Er waren een paar leuke pitstops, maar die waren van korte duur.

"Virginia". Ik sloeg haar hoofd van mijn schouder en keek in haar bloeddoorlopen ogen. 'Ik heb je nooit verteld dat ik van je hield.'

'Niet met woorden. Met je handen. Niemand heeft me ooit zo aangeraakt.' Ze had een dromerige blik op haar gezicht. 'Die massage ... en toen je mijn haar waste, dacht ik dat het me zou smelten. Waarom zou je dat doen als je niet van me hield?' Ze was nu serieus.

'Je hebt me bevolen het te doen,' antwoordde ik.

Ze leek in de war, alsof ze probeerde de betekenis van mijn woorden te begrijpen en geen twee en twee kon toevoegen.

'Maar ... maar je hoefde het niet zo te doen,' zei ze langzaam. Hij kon de wielen in zijn hoofd bijna zien draaien. 'Ik zag hoe opgewonden je was. Je sloeg me niet eens en je was zo ... klaar.'

Haar in elkaar slaan? Waarom zou hij haar slaan?

Zij was het die me sloeg.

Ik trok me een beetje bij haar vandaan, waardoor haar ogen in paniek raakten.

'Virginia, ik hou helemaal niet van wie slaat of geweld. Ik was bereid een beetje te verdragen vanwege die mensen die je in de buurt zag.' Ik wees naar de deur. "Ik weet niet zeker wat voor soort relatie je zoekt, maar ik denk niet dat het bij de mal past."

Ik probeerde duidelijk te zijn.

De hele situatie was te onwerkelijk.

Zijn hoofd zakte naar voren.

'Ik wilde niet dat je wegging,' zei hij zacht.

'Ik heb hier moeite mee, Virginia. Waarom zou ik willen blijven als je ontkent dat er een einde zal komen aan mijn pijn?'

Ik miste hele delen van zijn logica.

'De jongens gaan altijd weg als ze klaar zijn.' Zijn tranen begonnen te stromen. 'Jij bent ook meteen weggegaan. Ik wilde niet dat je wegging.'

Ze huilde nu hardop.

Ik was in shock.

Ik bracht het naar mijn schouder en hield het vast.

Het kostte haar een paar minuten om haar snikken weer onder controle te krijgen.

Maar toen besefte ik dat ik een dilemma met haar had.

Het kostte me nog een paar momenten om haar voorzichtig van me te scheiden.

De vrouw had zojuist mijn bedrijf gered, en waarschijnlijk ook enkele van de levens die buiten de kamer op me wachtten.

Hij had geen idee met wat voor soort mannen hij eerder was geweest.

Ze hadden niet al te waakzaam kunnen zijn als ik de maat van de beste ben.

Ze was me schuldig voor de marteling en ik was haar schuldig omdat ze ons allemaal had gered.

'Virginia, ik wil je graag meenemen uit de lunch,' bood ik aan terwijl ik haar een glimlach wierp, 'en dan uit eten en eventueel ontbijten.'

Zijn gezicht klaarde op.

Ze sleepte de rug van haar hand over haar ogen om haar tranen te drogen.

Dit hielp alleen om de mascara meer uit te smeren.

Ik probeerde niet te lachen terwijl ik de doos tissues van de tafel pakte.

"Jij weet het zeker?" vroeg hij, en voegde er snel aan toe: "Ik bedoel ja, dat zou ik geweldig vinden."

Ik denk dat ze besloot me ook geen uitweg te geven.

En hij zou het niet hebben gepakt.

'Goed. Sta nu even stil.'

Ik pakte een zakdoek en hield haar kin teder vast.

Ik veegde hem onder zijn ogen af en tilde mezelf zo hoog mogelijk op.

Hij droeg een paar tissues tot ik tevreden was met mijn werk.

Die mooie rode lippen glimlachten weer toen ik klaar was.

Ik strafte mezelf voor het negeren van haar emotionele toestand, maar ter verdediging waren die lippen iets speciaals.

"Mag ik je zoenen?" Vroeg ik hem vriendelijk.

"Oh ja," fluisterde ze.

Ik boog mijn hoofd en bracht mijn lippen naar de hare.

De herinnering aan de kus in de douche versmolten met deze in mijn hoofd.

Op dat moment verdween alles wat ons bij elkaar hield.

Er was geen bedrijf meer, geen lening, geen geld.

Mijn lippen bleven staan omdat ik zijn bezorgdheid en zijn vreugde kon voelen.

Ik bleef zo omdat ik het leuk vond.

Mijn hand streelde haar gezicht en bewoog zich achter haar oor om haar dieper te duwen.

Ze gehoorzaamde met gescheiden lippen en een wankelende tong.

Ik vond de zijne bij de mijne, en toen onze tongen elkaar raakten, weerkaatste er een stille huivering door mijn lichaam.

Ik bleef zo bij haar omdat ik haar echt leuk vond.

HOOFDSTUK 12

Toen we eindelijk de kus braken, voelde ik me een verlies.

Maar nu had hij het verlangen haar daar te neuken.

Hoe heeft deze vrouw me zo snel laten gaan?

'Dat was heel goed,' zei Virginia en ze begon vooruit te lopen.

Ze wilde meer dan ik.

Ik hield haar tegen en glimlachte, zodat ze wist dat het geen afwijzing was.

'Er zijn mensen buiten,' zei ik en streelde zijn nek. Ze leunde op mijn hand en zuchtte. 'Laten we deze jongens het goede nieuws vertellen, dan neem ik je mee uit lunch,' stelde ik voor.

'En waarom moeten ze het weten?' Vroeg ze met een geschokte blik op haar gezicht.

Het kostte me een seconde om te beseffen waar zijn redenering naartoe ging.

Ik lachte even.

'Het gaat over hun baan. Je hebt zojuist hun salaris gegarandeerd.'

Het was de eerste keer dat ik haar zag blozen.

Haar wangen kwamen bijna overeen met de kleur van haar lippen.

Het was schattig.

Ze stond beschaamd op en paste haar outfit aan.

'Ja, natuurlijk,' zei ze terwijl ze de controle weer terug kreeg.

Toen keek ze me met zachte ogen aan.

'Zijn alle kussen die je geeft ... zo storend?'

'Alleen de goede,' antwoordde ik.

Ze bloosde nog duidelijker.

Nu was ik het die de touwtjes in handen had en niet van plan was iemand iets te weigeren.

God, die lippen zagen er zo goed uit.

Ik stond op en streek mijn kleren een beetje glad.

"Ben je klaar?" Gevraagd.

"Ja," antwoordde ze.

De verandering in haar gezicht was beangstigend.

Virginia was weg en mevrouw Buttingson was terug.

Ze zat nu in de bestuurskamer.

Ik hield de deur vast toen ze naar buiten liep, met mijn hoofd perfect horizontaal terwijl we naar de nog aanwezige medewerkers liepen.

Ik zag Janeth de zijkant van haar gezicht afvegen.

Hij hoopte echt dat ze niet had gehuild.

"Het lijkt erop dat ik erg voorbarig was met mijn eerdere uitspraken", zei ik terwijl ik mijn woorden met een glimlach begeleidde, "Mevrouw Buttingson en ik gingen akkoord met een partnerschap dat het bedrijf voldoende fondsen heeft gegarandeerd om te kunnen overleven en ons verder te brengen. de datum. eerste geplande lancering "

Er was veel applaus en glimlachen.

De glimlach zag er nu een beetje ondeugend uit en ze knipoogden naar me.

Janeths glimlach was nog mysterieuzer toen ze doorging met het afvegen van een kant van haar gezicht.

'We hebben een deal te sluiten en miljoenen te maken', kondigde ik blij aan.

Janeths hand was nog hectischer en raakte haar gezicht aan.

Virginia rolde met haar ogen toen ze besefte wat Janeth probeerde te zeggen.

Ik keek met mijn

'Wat?' Zei ik terwijl ik mijn schouders ophaalde.

Virginia pakte een doos tissues op Pauls bureau.

Ze pakte mijn kin en verloor nooit haar beheerste zakelijke uitdrukking.

De zakdoek werd rood nadat ze mijn lippen had afgeveegd.

Ik bloosde.

'En Richy neemt me mee uit eten,' kondigde Virginia aan.

Ik denk niet dat ik me in mijn leven ongemakkelijker zou hebben gevoeld.

Er klonk een beetje gelach uit de menigte tot Virginia zich met haar gepatenteerde blik omdraaide.

'Grote mensen,' spotte ze.

Het gelach veranderde in gegiechel.

Virginia's gezicht was zo rood als het mijne.

Hij pakte mijn hand, aangezien er geen reden was voor de gevel, en leidde me naar de deur.

'Dat was gênant,' fluisterde Virginia toen we een paar bureaus achter ons zetten.

'Het was je lippenstift', gaf ik hem de schuld met een gekke grijns.

'Nu weet iedereen het', voegde hij eraan toe.

Ze probeerde haar commerciële houding te behouden voor de ogen die ons volgden.

"Ze zijn gewoon jaloers omdat ik een sexy lunchafspraak heb," grapte ik.

'Een date. Is dit een date?' vroeg ze verrast.

Ik vroeg me af wat ze dacht dat het was.

"Kussen, sexy vrouw, lunch. Ja, het lijkt erop dat het meer is dan wat in aanmerking komt voor een date," antwoordde ik zo zacht mogelijk.

Zijn glimlach groeide, hij sloeg zijn arm om de mijne en trok me dichterbij toen we klaar waren met uitstappen.

Ze voelde zich goed naast me.

Ik vond het leuk dat het haar niet kon schelen dat iedereen keek.

De zakenvrouw had het gebouw verlaten.

HOOFDSTUK 13

Ik koos voor Fugui's, een kleine Italiaanse pasta in de buurt.

Het was niet het beste eten in de stad, maar soms was de intieme sfeer het probleem op die plekken.

Er was een kleine tafel waar een grote steun met kolommen de rest van de kamer blokkeerde.

Het plafond was laag, wat de weerkaatsing verminderde en ons in staat stelde te spreken zonder te hoeven herhalen wat er werd gezegd.

En het was passend privé.

'Het spijt me vanmorgen, Richy,' zei Virginia nadat de wijn was aangekomen, 'ik ben niet gewend ... ik denk dat ik niet gewend ben van mensen te mogen.'

'Kom op, je moet een paar vrienden hebben,' zei ik opgewekt.

De uitdrukking op zijn gezicht zei me dat dat verkeerd was om te zeggen.

Ik verloor mijn glimlach en legde mijn hand op de hare.

"Je hebt er nu een."

Dat leverde me een zwakke glimlach op.

Ik stond op en veranderde van stoel, ik ging naar haar toe in plaats van tegenover haar te gaan zitten.

'Het enige dat ik me echt herinner van vanmorgen is de kus. Al het andere is een beetje wazig.'

Deze kleine leugen leverde me een echte glimlach op.

'Het was echt heel leuk,' zei ze lief, 'ik heb besloten niet genoeg te kussen.'

Ik tuitte obsceen mijn lippen en leunde voorover.

Ze lachte en tikte op mijn arm.

'Met mannen, niet met vis.'

'Er moet ook van vissen gehouden worden', grapte ik.

De ober kwam opdagen met onze salades, dus we moesten een pauze nemen van ons gesprek.

We spraken over ons bedrijf tijdens de salades.

Ik verbaasde me erover hoe verrassend snel zijn ondernemersgeest was.

Het lijkt misschien alsof ze gewoon geld heeft verspild door een bedrijf zonder toekomst te redden.

Maar eigenlijk had ze haar huiswerk gedaan.

Ze kende de mogelijkheden en valkuilen van het hele proces.

Ze had geweldige connecties die echt konden helpen bij de eerste release.

Tegen de tijd dat ik de lege slakom opzij schoof, realiseerde ik me iets.

'Als ik je eerste bod niet had aanvaard, zou je dan niet meer kopen?' Gevraagd.

'Ja, maar ik wilde je echt naakt zien', zei hij met zijn boosaardige glimlach.

'En het miljoen in plaats van de helft?' ik vroeg

"Je moet echt aan je onderhandelingsvaardigheden werken. Ik dacht dat je meer zou eisen, dus ik verwachtte een miljoen", haalde hij zijn schouders op en vervolgde: "en om succesvol te zijn, heb je echt een aanzienlijke verhoging van het werkkapitaal nodig voor de lancering. Zonder dat hun verkoop niet nog een jaar zou hebben geduurd, terwijl concurrenten zouden proberen uw product te kopiëren. "

'Je speelde me,' riep ik uit.

'Het is wat ik doe,' bekende ze terwijl ze haar hand uitstak en achter mijn oor klopte, 'ben je boos op me?'

Het was de eerste keer dat ze een zachte aanraking had geïnitieerd.

Ik kon de bezorgdheid in haar ogen zien.

'Nee, ik ben boos op mezelf omdat ik het niet zag,' grinnikte ik, 'ik was eigenlijk ijdel genoeg om te denken dat het over mij ging.'

'Dat is nu, maar toen was het niet,' zei Virginia nonchalant.

Ik was verrast door zijn openhartigheid.

Ik denk dat ze echt gevoelens voor me had.

Net toen ik dacht dat ik haar spel had ontdekt, liet ze me de realiteit zien.

'Daarom heb ik het geld vanmorgen vroeg overgemaakt. Ik wilde niet dat je dacht dat ik het al voor je aan het sparen was.'

Wil je weten hoe je een man kunt plezieren?

Het voegt alleen waarde toe aan zijn bestaan.

Hier was de slimste zakenman die ik kende die me vertelde dat mijn jarenlange zweet het waard was.

Zijn inschatting van het potentieel van mijn, nee, ons bedrijf was zelfs hoger dan ik had gedacht.

Door slechts negenenveertig procent te eisen, wist ik dat mijn visie noodzakelijk was voor die beoordeling.

Dit alles en ik wist ook hoe ze er naakt uitzag.

Ik verraste haar met een hartstochtelijke kus.

Ik voelde haar zenuwachtig om zich heen kijken voordat ik het opgaf en me liet meeslepen door mijn publieke genegenheid.

We moesten scheiden toen de ober het hoofdgerecht bracht.

Eten smaakt beter als alles naar wens is.

Virginia glimlachte naar me terwijl we aten.

Ik denk niet dat ze helemaal wist hoe ze mijn ego had gestreeld.

En dat maakte het allemaal nog oprechter.

"Ik zal een andere lippenstift nodig hebben als je me zo in het openbaar blijft kussen," glimlachte ze.

'Waag het niet,' zei ik terwijl ik rode vlekken op mijn servet achterliet, 'ik moet gewoon meer tissues kopen.'

Hij kon zich haar niets anders voorstellen dan die wenselijke rode lippen.

Ik zag iets fonkelen in haar ogen toen ik de lippenstift verdedigde.

Er kwam een gedachte bij hem op, iets dat niet bedoeld was voor openbare discussie.

Hij leunde tegen mijn oor.

'Ik zou je heel graag naar huis willen nemen en niet weigeren', fluisterde ze met een ondeugende glimlach.

Het bloed stroomde snel door mijn lichaam bij zijn woorden.

Ik voelde zijn hand op mijn kruis.

'Ik zou graag willen zien wat ik met je kan doen.'

'Kijk eens, alsjeblieft!' Ik zei misschien een beetje te luid.

Maar zoals ik al zei, het was niet de beste eetgelegenheid in de stad.

HOOFDSTUK 14

Ik reed Virginia naar huis in mijn auto.

Ze had gezegd dat ze de hare morgen zou kunnen ophalen.

Ik denk dat ze er meer in geïnteresseerd was om ervoor te zorgen dat mijn interesse niet vervaagde.

Ze was niet overdreven agressief, slechts een paar simpele streken en een beetje knuffelen in me om er zeker van te zijn dat ik wist dat ze naast me was.

Ik vond de aandacht die hij me gaf erg aantrekkelijk.

Mijn interesse nam niet af.

Toen we haar huis binnenkwamen, sleepte Virginia me meteen naar haar kamer.

'Ga zitten,' beval hij, wijzend naar het bed.

Ze gebruikte haar boosaardige stem, wat me een beetje irriteerde.

Ik koos ervoor om in plaats daarvan met een chagrijnig gezicht te gaan staan.

Ze lachte.

"Ga alstublieft zitten."

Dit was weer haar vriendelijke en liefdevolle stem.

Ik ging snel zitten.

Ze pakte mijn voet en trok mijn schoen en sok uit.

Ze herhaalde met de andere voet.

Met zijn kwaadaardige stem beval hij: 'Gordel.'

Ze stak haar hand uit in afwachting van mijn gehoor.

Ik had zijn boosaardige stem kunnen weerstaan, maar ik hield van waar de dingen naartoe gingen.

Ik knoopte hem los en trok hem door de oogjes naar buiten.

Ze pakte de riem en legde hem op de stapel met mijn schoenen en sokken.

Virginia duwde me op het bed, dus ik viel op mijn rug en ritste de knoop open en ritste de voorkant van mijn broek open.

'Zeg niets,' beval ze en ik gehoorzaamde.

Ze trok mijn broek samen met mijn boxershort uit en legde ze op de groeiende stapel.

Ik was op dit punt half opgewonden.

Hij wist niet zeker wat hij in gedachten had en was een beetje bang dat hij zou proberen terug te keren naar zijn slinkse wegen.

Hij liep naar zijn dressoir en pakte een kleine gouden buis.

Hij liet het tussen mijn benen glijden, trok zijn jas uit en liet het op de grond vallen.

Glimlachend knoopte ze haar blouse los en liet hem ook op de grond vallen.

Haar kanten beha volgde snel.

Mijn pik liet nu wat meer leven zien.

"Ik ben van plan me dit weekend fysiek te verontschuldigen voor mijn daden." Virginia's gezicht was er een van spijt. "Ik hoop dat je me kan vergeven."

Hij stond op het punt iets te zeggen dat niet nodig was toen ze de dop van de gouden buis verwijderde en haar robijnrode lippenstift verscheen.

Toen ik vakkundig zag hoe ze haar lippen weer bedekte, werd mijn opwinding duidelijker.

Hij wreef over zijn lippen en keek me aan.

Haar lippen gloeiden rood, helderder dan ooit.

'Ik ben van plan mijn mond te gebruiken,' zuchtte hij.

"Oh shit," was alles wat ik kon zeggen.

Mijn erectie klopte en ik was nu gespannen terwijl ik in stilte bad dat dit niet een van zijn trucs was.

Ze glimlachte om mijn erectie.

'Dat zou ik je graag aandoen,' zei ze terwijl ze op haar knieën viel.

Met haar lippen een paar centimeter van mijn mannelijkheid, sloeg ze haar hand om het lid.

Ik voelde de polsslag van mijn pik terwijl ze haar tong langs de onderkant liet glijden en hem rond de kruin draaide, haar hand gebruikte hem gewoon als een gids.

Toen die lippen mijn erectie omcirkelden, verdwenen alle gedachten aan wantrouwen.

Die glijdende robijnrode lippen zorgden voor een visuele euforie.

Ik had dit in mijn hoofd gezien en de realiteit was oneindig veel aangenamer.

Virginia's lippen gingen van mijn pik los.

Ze tuitte haar lippen en kuste liefdevol de punt.

Mijn dijen spanden zich om niet te bewegen, om haar te laten doorgaan, om lang mee te gaan.

Maar mijn dijen lieten het afweten.

Die lippen sloten zich weer om me heen en voerden me dieper.

Ik voelde zijn tong duwen en likken.

Ik wilde hem waarschuwen, hem de mogelijkheid geven om langzamer te gaan, maar ik kwam te hard en te snel.

Mijn heupen gingen omhoog toen ik zijn naam riep.

Ze liet haar lippen zakken en zoog me terwijl ik in haar ejaculeerde.

De gedachten hielden op toen plezier door mijn lichaam scheurde.

Virginia's wangen zakten weg toen ze mijn pik dieper in haar mond stak, waardoor ik mijn plezier kon verwerken zonder schuldgevoel.

Ze wilde dit voor mij.

Virginia kuste mijn verzadigde fallus.

Zijn kus gaf me direct op het puntje van mijn lid

Ze wist wat ze had gedaan, en ze glimlachte die boze, slinkse glimlach.

Ik kon die controleproblemen in zijn ogen zien zwemmen.

Hij deed het zonder de zweep, maar hij had me precies waar hij me wilde hebben.

Deze keer zou ze geen klachten van mij krijgen.

'Vond je dat meer leuk?' Vroeg hij, het antwoord al wist hij.

"Ja Meesteres," antwoordde ik speels.

Ik hield van de lach die het bij haar opriep.

Ze sloeg op mijn dij, trok haar rok omhoog en klom bovenop me.

"Ga je blijven?" Vroeg Virginia met een geforceerde glimlach.

Je eerdere opmerkingen kwamen bij mij terug.

Hij kon niet geloven hoe emotioneel zwak zo'n sterke vrouw kon zijn.

Toen besefte ik hoeveel risico ze dacht te hebben genomen.

Er was angst in zijn ogen die angst omringde.

Ik hield mijn schattige sarcastische reactie in en bleef bij de waarheid die ik voor haar voelde.

"Ja," antwoordde ik in alle ernst, "ik hoopte dat je me hier de nacht zou laten doorbrengen."

Ik zag zijn tranende ogen voordat zijn lippen de mijne verstikten.

Ik voelde haar lichaam trillen terwijl we kusten.

Ik omhelsde haar stevig en wilde haar ongegronde angsten de kop indrukken.

Ik dacht echt dat dit een soort fijne therapie voor haar was.

Niet meer.

Ik vond haar leuk in mijn armen.

Ik vond het leuk dat ze me nodig had.

Ze was slimmer dan Hell, maar kwetsbaar als het fijne porselein in haar.

Ik vond het zelfs leuk dat het controlevuur in haar brandde.

Ze was een heel sexy raadsel.

Mijn raadsel.

Ik draaide haar op haar zij, haar borsten tegen mijn borst.

Ik duwde wat weerbarstige haren uit zijn ogen en achter zijn oor.

Ze kromp ineen bij mijn aanraking, wat ik egoïstisch prettig vond.

'Ik zou je haar graag willen wassen,' zei ik nonchalant terwijl ik met mijn hand door haar bruine haar haalde.

Zijn glimlach was eerlijk.

'Dat zou ik ook heel leuk vinden,' fluisterde ze.

Ik kon de emotie in zijn ogen zien.

Ze dacht aan natte seks uit de douchestraal.

Maar op dit moment was het wassen met shampoo slechts een excuus om me tijd te geven om te herstellen.

Gelukkig vond ze het voorstel ook prettig.

HOOFDSTUK 15

Virginia probeerde me te laten zien hoe ik de doucheknoppen moest bedienen.

Het was leuk om haar teder aan te raken terwijl ik het me probeerde uit te leggen.

Ze besefte dat ik haar gedachten uit het oog verloor, maar ze gaf me nooit een berisping en probeerde me nooit tegen te houden.

Toen ze het gelukkig opgaf, had ik bijna net zo weinig idee als toen we begonnen.

Ik betwijfelde of hij me ooit alles zou laten beheersen.

Deze keer deed ik het goed.

Ik had Virginia op haar rug liggen, langs de verwarmde bank, met aan het eind haar hoofd over mijn dijen.

De douche had een heerlijke afneembare douchekop die in een soort zachte mist verdreven.

Ik heb haar haar zachtjes doorweekt terwijl ik mijn ogen sloot.

Het was heerlijk om haar op schoot te hebben toen ik de shampoo aanbracht.

Ze maakte een paar prachtige, half kreunende geluiden terwijl ze de naar bloemen geurende substantie in haar haar verwerkte.

'Dus de laatste keer dat we hier waren, vertelde je me over een meisje', stelde ik het verhaal voor.

Virginia deed haar ogen open en keek me vreemd aan.

'Ben je nu geïnteresseerd in Lydia?' zij vroeg.

'Dus ze was echt?' Ik vroeg om.

Virginia probeerde een beetje overeind te gaan zitten, dus ik duwde haar zachtjes en ging aan de achterkant van haar nek aan het werk.

Ze ontspande zich weer.

'Ja. We hebben samen een heel populair restaurant,' vervolgde ze, 'zou nog een keer komen als ik het vroeg. Zou je dat graag willen?'

Dat kwam als een verrassing en sloeg me vierkant op mijn hoofd.

Hij doelde alleen maar op een verhit verhaal, maar dit was een intrigerend aanbod.

Dat was een fantasie waarvan hij nooit had gedacht dat die werkelijkheid zou worden.

Natuurlijk was er in mijn dromen altijd af en toe een one-night-stand met twee vrouwen waarvan ik dacht dat ik die nooit meer in werkelijkheid zou zien.

Ik weet niet of ik me erg op mijn gemak zou voelen om een orgie te hebben met mensen die ik ken.

'Ik denk niet dat ik je met iemand wil delen,' zei ik voorzichtig, 'zou je me als hypocriet willen beschouwen als ik het zou willen weten?'

Hij klonk stom toen hij uit de kast kwam, maar ik denk dat hij het begreep.

'Wil je meer weten over haar of alleen over de vuile delen?' Ze glimlachte terwijl ik haar schatten masseerde.

"Alleen de vuile delen." Ik glimlachte terug.

Dat gaf me een giechel als beloning, gevolgd door het vertellen van een heel smerig verhaal.

Ik heb mezelf vermaakt met het lezen van erotiek.

Maar dat was niets vergeleken met hoe opgewonden ik raakte toen ik zonder voorbehoud naar Virginia luisterde over haar ontsnapping naar de douche met Lydia.

Ze liet niets onbeschreven achter en ik merkte dat ik zwaar ademde terwijl ze mijn haar spoelde.

Ik ben er vrij zeker van dat sommige delen verfraaid waren, maar ik accepteerde ze als feit.

Ik was opnieuw de man van staal.

'Kijk wat mijn verhaal je heeft aangedaan,' pochte Virginia.

Ze streelde zachtjes mijn erectie.

Ze stond op met een idee in haar ogen.

'Blijf zo,' beval hij en voerde een reeks opdrachten in het configuratiescherm in.

Wacht.

Hij begon ervan te genieten dat ze bazig was, tenminste als er aan het eind geen ontkenning en pijn was.

'Meer dan een gevoel' galmde door de luidsprekers terwijl de grote centrale douchekop me zachtjes met lauw water bedekte.

Ze liep voor me uit en blokkeerde een groot deel van de spray.

"Maar het is tijd voor een nieuw verhaal."

Zijn stem was laag en verleidelijk.

Die stem beloofde alles.

Virginia, voor me, legde een knie aan weerszijden van me en liet haar heupen naar de mijne zakken.

Ik verplaatste mijn kont naar de rand van de bank om het gemakkelijker te maken.

Ze plaatste zichzelf tussen mijn benen en leidde mijn pik in haar opening.

Het water stroomde over haar schouders en langs mijn borst terwijl ze tegen me aanleunde.

Hij liet mijn pik los en kreunde toen hij zijn afdaling voltooide.

Ik herhaalde zijn geluid.

Virginia vouwde haar vingers achter mijn nek en bracht haar lippen naar mijn oor.

'Het is lang geleden dat ik een man binnen in me heb gelaten,' fluisterde ze luid.

God sta me bij, dat vond ik erg leuk.

'Het is hemels,' zei ik en toen sprong ik uit.

Het kwam uit mijn mond zonder na te denken: "Meesteres."

Dit keer had hij het niet op een grappende toon gezegd zoals hij het eerder had gezegd.

Deze keer was hij oprecht.

Zijn bekken stopte en hij keek me in de ogen.

Ik zag angst in de hare.

'Ik wil je niet kwijtraken,' maakte hij zich zorgen.

Ik had geen idee waar dit heen ging.

Ik wist gewoon dat ik me goed voelde.

Zeer goed.

En ik wilde dat ze zich ook goed voelde.

Ik wilde me goed voelen bij haar.

'Laat me dan maar komen,' zei ik met een duivelse glimlach en voegde eraan toe: 'Meesteres.'

Haar ogen lichtten op en haar glimlach werd onzedelijk toen de gevolgen van wat ik zei haar verhitten.

Ze stond op het punt me een plezier te doen.

Ze zou ons een plezier doen.

Ik voelde haar handen mijn haar vastgrijpen en mijn hoofd naar achteren trokken terwijl haar poesje om mijn lul heen en weer ging.

Zijn lippen werden om de mijne gedwongen terwijl hij me vastpakte.

Virginia's ogen brandden van lust.

Dat voedde de mijne, hoewel ik niet veel kon helpen.

De greep op mijn haar werd strakker en trok harder.

Ik had geen idee waarom ik het leuk vond of waarom ze het leuk vond.

Ik wist gewoon dat we het hadden gedaan.

Ze brak haar gewelddadige kus en trok mijn oor naar haar lippen.

'We gaan samenkomen,' verklaarde hij intens, 'samen, begrijp je dat?'

Ik voelde mijn pik omhoogkomen bij haar vraag.

Hij wist niet zeker of hij nog veel langer kon wachten.

"Ik zal het proberen, Meesteres," stotterde ik terwijl Virginia's ongelooflijke hete loper me met plezier wurgde.

Hij wist dat ze kon voelen dat hij klaar was om te ontploffen.

Misschien was het smerige verhaal geen goed idee.

Hij was een beetje heter dan zij.

"Het is geen optie", verklaarde hij.

Zijn heupen stopten bij de neergaande slag en hij begon zijn bekken in mij te malen.

Ik voelde mijn pik nieuwe plekken in haar aanraken.

Ik stond op het punt van extase.

Als we niet met water waren gebombardeerd, zou het zweet mijn hele lichaam bedekken.

Mijn ademhaling was moeizaam.

Ik voelde zijn bekken onwillekeurig schokken en zijn hand klemde zich weer om mijn haar.

Bij de tweede keer schudden schreeuwde ze: "NU!"

Ik werd meegesleept.

De intensiteit, gecombineerd met de pijn, was verbluffend.

Virginia werd bij mijn haar vastgehouden terwijl golven van plezier door haar lichaam wiegden.

Elke schok van zijn heupen dwong weer een golf melk in haar.

We waren in perfecte harmonie, pijnlijk, zalig.

Virginia liet mijn haar los en viel bijna terug op de grond.

Ik ving haar op tijd op en trok haar in mijn armen, mijn pik nog steeds diep in haar begraven.

Ik had geen idee waar zijn verlangen om mij te beheersen vandaan kwam.

Ik wist gewoon dat ik er dol op was.

In een vreemde nevenschikking pakte ik haar haar en nam een kus van haar lippen.

"Dat was fantastisch!" Zei ik krachtig.

Zijn slaperige ogen ontmoetten de mijne.

"Ja, het was geweldig," zei ze en glimlachte toen, "Meester."

Ze zakte in mijn armen en ik hield haar vast in de hete, dikke regen.

HOOFDSTUK 16

Het avondeten was een kleine, intieme aangelegenheid.

Alleen wij tweeën, ineengedoken op de bank met Chinees eten dat we hadden besteld.

We waren bedekt met een bijpassende roze pluche deken.

Virginia past veel beter bij deze stijl dan ik.

Roze is niet mijn lievelingskleur.

We keken naar een film van John Wayne, een van zijn eerste in kleur, denk ik.

Hoewel het eigenlijk achtergrondgeluid was terwijl we zaten te eten, te kletsen en te lachen.

Virginia opende een fles wijn en we praatten nog wat.

We zeiden niets over gezelschap of seks.

Het ging erom elkaar te leren kennen.

Ik vond het geweldig en ik was verbaasd dat ik het alleen voor mezelf kon hebben.

Hij had met haar een aantal zeer vreemde seksuele grenzen overschreden.

Nu wist hij meer over mij dan wie dan ook ter wereld.

Ik denk dat ik de enige ben die weet van het fijne porseleinen interieur.

* * *

Bedtijd bracht meer.

Meer van ons.

Hij wachtte op haar op het bed.

Hij had plannen, plannen bieden.

Ik wilde gaan slapen met herinneringen aan haar zachtheid, haar overgave aan mijn langzame liefde.

Ze verliet zenuwachtig de badkamer.

Ik denk dat hij bijna terugkwam, maar toen besloot hij naar mijn kant van het bed te komen.

Ik stak mijn hand uit en vroeg me af waar zijn angst vandaan kwam.

Toen ze haar mantel liet vallen, zag ik haar angst.

Boven haar linkerborst, boven haar hart, had ze met robijnrode lippenstift 'Richy's' geschreven.

Wat uit mij kwam was de waarheid.

'Ik hou ook van jou,' beaamde ik.

Ik denk dat ze tot op dat moment haar adem inhield.

Ze viel in mijn armen en ik trok haar naar me toe.

Ik was de lijm voor zijn fijne porselein.

* * *

Virginia was aanvankelijk veel beter dan welke wekker dan ook.

Het gegiechel en het knabbelen aan mijn oor waren een geweldige manier om wakker te worden.

Er zat gewoon geen 5 minuten herhaalknop op.

Ze was een ochtendmens.

Ik ben een type persoon dat langzaam wakker wordt.

Het duurt meestal drie of vier keer drukken op de sluimerknop voordat ik het eindelijk opgeef en opsta.

Virginia was al in bad en gekleed, en de eerste zonnestralen waren niet eens door het raam gekomen.

Ik draaide me om en liep weg van zijn mooie aanval.

Misschien zou ze me nog tien minuten geven.

De dekens en lakens verdwenen plotseling uit het bed.

Mijn warmte verdween en ik rolde me op tot een bal.

Ik hoorde het zoemen voordat de jeuk in mijn kont kwam.

Ik stond op om mezelf te beschermen en zag haar, onschuldig en glimlachend, met haar handen op haar rug.

'Je hebt me geslagen,' beschuldigde ik.

Ze deed een stap achteruit, haar mooie rode lippen glimlachten.

Ik stond op en deed een dreigende stap naar voren.

Ik was van plan de zweep op haar kont te testen om te zien hoe ze ervan hield.

'U moet een bedrijf runnen, meesteres,' zei hij terwijl hij weer een stap achteruit deed.

Ik keek op mijn horloge en herinnerde me waar ik was.

Hij zou waarschijnlijk te laat komen.

Wraak zou moeten wachten.

"Shit," gaf ik toe en liep snel naar de douche.

Het rook naar Virginia.

Ik wou dat ik me met haar had kunnen wentelen, maar te laat komen en ook naar seks ruiken leek me geen goed idee.

Nu realiseerde ik me dat ik niet wist hoe dit ding werkte.

Ik probeerde met een paar knoppen, maar ik kreeg het water niet uit de douche.

Dertig seconden later moest ik mijn trots inslikken.

'Hoe zet je dit verdomde ding aan?'

Ik schreeuwde.

Zijn lach was zowel vervelend als geweldig.

HOOFDSTUK 17

'Ik wil je vanavond uitnodigen voor een etentje,' zei Virginia vanaf de passagiersstoel.

Ze had besloten om met mij terug te komen voor haar auto.

'En ik wil zien waar je woont.'

De zakelijke dame was terug.

Je doet dit meisje in een kokerrok en jasje en plotseling denkt ze dat ze de wereld kan regeren.

Hij kende haar al goed genoeg om te begrijpen dat ze het echt vroeg, niet veeleisend.

'Mijn huis is vergeleken met het jouwe een varkensstal,' waarschuwde ik hem.

Ik probeerde me te herinneren hoe vies het was.

Ik kon me niet herinneren wanneer ik voor het laatst goed had schoongemaakt.

'Dat is oké. Ik ben van plan daar erg smerig te zijn,' zei ze en glimlachte toen.

Mijn geest fronste en ik voelde een beetje terugkeren van de hitte van de avond ervoor.

'Mevrouw Buttingson, markeert u uw territorium?' Ik maakte een grapje.

Maar ze nam het echt serieus.

"Ja, ik denk dat ik het ben," antwoordde ze.

Haar robijnrode glimlach was heerlijk.

'In dat geval accepteer ik je uitnodiging voor het avondeten.'

Ik hield van het idee dat ze me opeiste.

Normaal gesproken zou ik me overweldigd voelen.

Maar met Virginia wist hij dat het gewoon zijn behoefte was om te beheersen, maar hij begreep dat het kwetsbaarder was dan hij zei.

Of misschien wilde hij me gewoon op meer dan één manier slaan.

* * *

Janeth glimlachte vreemd toen ik langs haar bureau liep.

Hij stond op, volgde me naar mijn hokje en glimlachte toen ik me omdraaide om te zien wat hij wilde.

'Heeft u het gisteravond naar uw zin gehad, meneer Carrington?' Vroeg ze met veelbetekenende ogen.

Ik schaamde me een beetje voor de vraag. Was ik zo transparant?

'Ik weet niet zeker of ik weet wat je bedoelt,' zei ik onschuldig.

Ik pakte een stuk papier op mijn bureau, in de hoop dat het lastige gesprek voorbij zou gaan.

"Mag ik?" Vroeg hij, terwijl hij een zakdoek omhooghield die hij had meegebracht.

Ik weet zeker dat ik bloosde toen ik knikte.

Ze pakte mijn kin vast als een bezorgde moeder en veegde de lippenstift van mijn wang.

Ik moest echt dringend wat tissues bemachtigen.

'Zelfde kleren en ongeschoren,' glimlachte hij terwijl hij mijn kin losliet. 'Ik denk niet dat hij gisteravond thuis is gekomen.'

'Zijn alle vrouwen zo oplettend?' Vroeg ik in mijn vriendelijke houding.

'Alleen degenen die om u geven, meneer Carrington,' antwoordde ze met een knipoog.

Hij draaide zich om en liep terug naar zijn bureau.

Als er een reden was om dit bedrijf te laten werken, was het er.

Hij moest haar zien met geld op zak en maakte zich niet in het minst zorgen als een van haar zoons op Harvard zou worden aangenomen.

Ik heb de rest van de dag hard gewerkt.

Nu ik me geen zorgen hoefde te maken over kapitaal, was de dag eigenlijk heel productief.

Ik begon de ideeën te implementeren waarover Virginia en ik hadden gesproken.

De meeste leken voor de hand liggend nu ze een dag in mijn gedachten zaten.

Ze had echt een ideaal hoofd voor zaken.

Ik liep door het kantoor en sprak met iedereen om hen te verzekeren van onze stabiliteit.

Ik kreeg meer dan een paar glimlachende blikken die me lieten weten dat ze me vertrouwden.

Ik heb Ralph groen licht gegeven om een assistent in te huren.

Ik dacht dat de man me zou omhelzen.

Ik deed het om dingen te versnellen en voor de veiligheid voor het geval Ralph iets overkomt.

Hij dacht dat hij het deed om zijn overweldigende werkdruk te verminderen.

Omdat ik egoïstisch was, liet ik hem denken dat zijn versie correct was.

* * *

Janeth legde de hoorn op de haak aan het einde van de middag.

Ze bracht een briefje naar mijn bureau met nog een van haar vreemde glimlachen.

'Ze is een beetje bazig, maar ik denk dat het je niet kan schelen, hè?', Zei hij, terwijl hij me het briefje overhandigde.

Het briefje bevatte de naam van een restaurant, 'The Meet', een adres en een zeven uur.

Hoe ontdekte Janeth Virginia zo snel?

'Heb je het uit een dinerreservering ontdekt?' Vraag ongelovig

'We hebben meer dan dertig minuten gepraat.' Janeth beet een lachje terug. 'Ik kan een partner niet ophangen. Ik vind haar sowieso leuk.' Ik glimlachte om de beoordeling van Janeth.

'Ik mag hem ook,' beaamde ik, 'jullie twee delen toch geen verhalen over mij?'

Ik was er zeker van dat Virginia onze afspraken privé zou houden.

Ik was bang dat mijn karakterfouten de bron zouden kunnen zijn van het gedeelde plezier.

Ik wilde niet de hele dag door het kantoor dwalen.

'Ik denk dat hij me heeft gevraagd om te spioneren.' Janeth zag er tevreden uit. 'Pas op voor wedstrijden en rapporten. Ze vindt je echt leuk.'

Ik bloosde

'Zijn alle vrouwen zo intrigerend?' Gevraagd.

'Alleen degenen die om u geven, meneer Carrington,' antwoordde ze met een knipoog. 'Ik stel voor dat je vroeg gaat en opruimt. Het zwarte shirt dat je een week geleden droeg, ziet er heel goed uit voor de gelegenheid.'

Ik vroeg me af of dat Janeth of Virginia was die aan het praten was.

"Janeth?" Vroeg ik met een nep-sinistere toon.

'Ja, meneer Carrington?' Vroeg ze glimlachend.

Ik kon niets uit haar blik afleiden.

'Noem me Richy,' zei ik resoluut.

Ook dat zou onze gesprekken gemakkelijker kunnen maken.

Hoewel ik dacht dat ik er dom uitzag door het zwarte overhemd.

"Bedankt, Richy," glimlachte ze terwijl ze lachend naar haar bureau liep.

Secretaris, expert in spionage en mode.

Ik was in goede handen.

HOOFDSTUK 18

Ik was net op tijd toen ik 'The Meet' binnenliep.

Ik dacht niet dat ik het zou redden.

Parkeren was moeilijker geweest dan hij had verwacht.

Het restaurant bevond zich in een oud gedeelte van de stad dat werd gebouwd voordat de auto het land overnam.

Ik wachtte uiteindelijk op mijn beurt voor valet-service.

Zoals verwacht wachtte Virginia aan tafel.

Zijn glimlach was oprecht en zeer welkom.

Het was een openbare plaats, dus ik koos ervoor haar wang te kussen.

'Je ziet er goed uit,' merkte Virginia op.

Ik strafte mezelf omdat ik niet eerst iets zei.

'Bedankt. Het lijkt erop dat ik een nieuwe modeconsulent aan het werk heb,' merkte ik samenzweerderig op.

'Ik hou echt van Janeth,' glimlachte Virginia, 'erg georganiseerd en lijkt je goed te kennen.'

'Nou, je mag best blij zijn te weten dat zij jou ook goedkeurt.' Ik glimlachte "Ik begin te denken dat ik word behandeld."

'Alle mannen worden afgehandeld, lieverd.' Virginia's ogen glansden. "Sommige meer dan andere."

Zijn hand vond mijn dij onder de tafel, iets hoger dan politiek correct.

Ze trok zijn hand terug na een zachte kneep die later interessante dingen beloofde.

'Had ik al gezegd hoe mooi je bent?' Ik vond zijn grip iets spannender dan ik had berekend: 'Ik zou je nu graag mee naar huis willen nemen en die rode lippen verslinden.'

Ik liet haar blozen, in het openbaar.

Zijn hand keerde terug, en hoger in de richting van mijn kruis.

Ze deed het uit toen ze mijn opwinding voelde.

"Oh, ik vind het geweldig dat ik je dat heb aangedaan" En toen verscheen de zakenvrouw. 'Eerst avondeten, dan dessert,' beval hij ferm.

Hij kon wachten, als het moest.

Plots veranderde haar uitdrukking en ze legde snel haar handpalm tegen mijn wang: 'Tenzij het dringend is, bedoel ik ... ik wil niet ... weet je, het pijn doen.'

Zijn bezorgdheid was duidelijk.

Ik zag zijn bezorgdheid, zijn angst werd bevestigd door onze eerste dag samen.

Ik vergat het publiek.

Ik bracht die robijnrode lippen dichter bij de mijne en zorgde ervoor dat ze wist dat er hier geen risico was.

Ze smolt in mij.

Hij voelde zijn opluchting en controle terugkeren.

'Eerst eten, dan dessert,' fluisterde ik toen ik de kus brak.

Ik hield van de blik in zijn ogen.

Die 'got you'-look.

Ik wist dat dit een onvergetelijke avond zou worden.

* * *

Ik was plotseling verrast dat een vrouw naar ons blijk van genegenheid keek.

Een behoorlijk goed geklede rijpe blonde, staande op de rand van de tafel met haar mond open en verwarring in haar ogen.

Ze was niet gekleed als een serveerster.

Virginia lachte en pakte snel een servet om de lippenstift van mijn lippen te vegen.

Dit leek de vrouw nog meer te verbazen.

'Richy, dit is Lydia. Mijn partner in deze prachtige toegift waarover ik je vertelde,' zei Virginia met een verwrongen 'Rule the World'-glimlach. 'Lydia, dit is Richy.'

Ik denk dat ze nog iets anders wilde toevoegen aan het einde van haar presentatie.

Maar ze dacht er beter over na en beëindigde de zin zo.

Mijn gedachten bleven flakkeren bij de visioenen van Lydia tussen Virginia's benen.

Een rivaal zat me dwars.

'Hoi Lydia,' zei ik, zonder op te staan van mijn stoel.

Ze was zo geschokt dat ze de woedende strijd die ze voerde niet zag.

'Leuk je te ontmoeten, Richy.' Lydia liet het bijna klinken als een vraag. 'Virginia, je hebt me niet verteld dat je een gast hebt meegenomen.'

Lydia's verbazing begon te verdampen en maakte plaats voor een oprechte glimlach.

Ze bleef tussen Virginia en mij zoeken, kennelijk in een poging ons te achterhalen.

Virginia negeerde zijn opmerking.

'Richy, wacht maar tot je het eten van deze vrouw proeft,' drong Virginia aan, trots op haar stem, 'je zult het water in de mond lopen. De beste investering die ik ooit heb gedaan.'

De verklaring leek Lydia weer in shockmodus te brengen.

Ze leek het niet gewend om Virginia haar te zien prijzen.

Dus dit was het restaurantbedrijf van de twee.

"Ik kijk er naar uit."

Ik probeerde niet merkbaar te bewegen in mijn stoel.

Mijn broek zat ineens ongemakkelijk.

Virginia zou hiervoor een hoge prijs betalen.

Ik beloofde te genieten van elk moment van mijn wraak.

Ik vroeg me af of Virginia de lengte van Lydia's tong had overdreven.

'Ik ga de ober zoeken die de leiding heeft over deze tafel.' Lydia's kalmte keerde terug, samen met haar vriendelijke glimlach. 'En kijk of ik het koken een beetje kan versnellen.'

'Bedankt, Lydia,' zei Virginia, bijna alsof ze haar aan het ontslaan was.

Lydia ging op zoek naar de ober.

"Dat was bijzonder slecht", zei ik.

'Ik dacht dat je misschien wat context nodig had. Een verhaal zonder context is, nou ja, maar een verhaal,' legde Virginia uit.

"Je beseft wat ik met je ga doen als we alleen zijn ...", dreigde ik.

'Ik reken erop,' peinsde Virginia, 'ik besloot dat ik vanavond verkracht wilde worden. Natuurlijk, als het te veel voor je is om te verdragen, kan ik je nu meteen naar de achterkamer brengen.'

Ze was absoluut serieus.

Ik denk dat die ontkenning en pijn een tijdje op ons zou drukken.

Zolang ik wist dat het einde in zicht was, konden mijn driften worden onderdrukt.

"Oh nee. Dit zal wat tijd kosten om te plannen", grapte ik, "opname is een kunst, geen wetenschap."

Ik denk dat ik haar een beetje zag kronkelen.

Misschien was ik niet de enige met een gênante gedachte.

* * *

Het avondeten was zo goed als Virginia had beschreven.

Ik had de lekkerste gegrilde verse tandbaars die ik ooit heb gehad op een bedje van boerenkool.

Het smolt praktisch in mijn mond.

Lydia stuurde de perfecte wijn naar de tafel om onze maaltijd te begeleiden en de gelegenheid compleet te maken.

Virginia en ik praatten, lachten en genoten van elkaar.

Ik vond het leuk om met deze vrouw te daten.

Net voor het einde van de maaltijd verontschuldigde Virginia zich om de badkamer te gebruiken.

Hij was maar een paar seconden weg toen Lydia snel in de stoel van Virginia gleed.

'Wat heb je met haar gedaan?' vroeg ze met een stralende glimlach.

"Vergiffenis?" Hij wist wat hij bedoelde, maar hij wist niet goed hoe hij moest reageren.

Ik heb geblokkeerd

"Ik heb haar nog nooit zo gelukkig gezien", gaf Lydia toe, "nu ik erover nadenk, heb ik haar niets anders zien dan 'be a bitch' in het openbaar zien."

Ik denk dat ze dacht dat ik haar opmerking zou begrijpen.

Dat hij het niet als een belediging voor Virginia zou opvatten.

Ik begreep het.

Ik besloot de waarheid te vertellen.

'Ik denk dat het komt omdat ik van haar hou,' zei ik met een strak gezicht.

Lydia's gezicht klaarde op.

"Mijn God, ik denk dat ze ook van jou houdt", zei hij. 'Ik had niet verwacht dat iemand onder die schaal zou kruipen. Breek alsjeblieft zijn hart niet. Ik zou er bijvoorbeeld niet bij willen zijn als dat zou gebeuren.'

Ik kon mijn gelach niet bedwingen.

Ik kreeg een beeld van een boze Virginia die door de wereld zwierf en golven van mensen voelden haar woede toen ze voorbijging.

"Wat is er zo grappig?" Virginia stond achter ons met haar handen op haar heupen.

Lydia haalde haar schouders op.

Ik glimlachte en gooide mijn hoofd achterover.

'Ik heb het gewoon over jou, mijn liefste,' zei ik liefdevol.

Ik keek toe terwijl de grimas van Virginia verdween.

Hij gaf me een achterwaartse kus en ging op een lege stoel zitten.

Het leek alsof Lydia er niet meer wilde zijn.

'Mag ik weten wat er werd gezegd?' Virginia raadpleegde haar 'ik-de-beste-krijg-een-antwoord'-uitdrukking.

Lydia wist niet wat ze moest zeggen.

Maar de waarheid enigszins gewijzigd vertellen was de sleutel, met alle goede delen maar enkele kleine weglatingen.

'Ik heb Lydia gezegd dat ik van je hou. Ze zei dat ik je hart beter niet kon breken.' Ik geniet er echt van als ik gelijk heb.

Virginia omhelsde Lydia alsof ze verloren vrienden waren.

Lydia's verwarring was op zijn zachtst gezegd erg vermakelijk.

Hun relatie was nooit verder gegaan dan seks.

Voor zover ik kon zien, betekende geen enkele relatie uit het verleden van Virginia iets voor haar.

Tot mij waren ze allemaal een middel om een doel te bereiken en niets meer.

'Dit betekent niet dat je dit kwartaal je omzet kunt verliezen,' zei Virginia tranen terwijl ze haar ogen afveegde.

Lydia glimlachte toen de meer bekende Zakenvrouw verscheen.

'Ik zou er niet aan denken u teleur te stellen, mevrouw ... Buttingson.'

Lydia ving zichzelf op en verloor haar glimlach.

Zijn ogen bewogen naar mij en toen schuldbewust weg.

Omwille van haar deed ik alsof ik het niet had opgemerkt.

Gelukkig deed Virginia hetzelfde.

'Ik ben erg blij voor jullie allebei.' Lydia herstelde snel en stond op. "Ik heb de andere klanten om voor te zorgen, dus geniet van de rest van de avond."

We gingen gracieus uit elkaar toen hij wegging, terwijl we onderweg de tafels controleerden.

Toen ze buiten gehoorsafstand was, wendde ik me tot Virginia.

'Door jouw verhaal kreeg ik de indruk dat ze meer op een vriendin leek,' zei ik met een twinkeling in mijn ogen.

'Ik dacht dat je het op die manier beter zou vinden,' zei Virginia, weer met haar boze glimlach.

Hij leunde in mijn oor en fluisterde:

'Ik dacht niet dat je wilde horen over de strepen die ik op haar kont heb gescoord of hoeveel ze ervan heeft leren genieten.'

Ik voelde een koude rilling door me heen gaan.

"Werkelijk?" Stotterde ik.

Nieuwe visioenen verschenen achter mijn ogen.

'Het meisje is heerlijk slordig als ze komt,' fluisterde Virginia terwijl ze in mijn oor kriebelde, 'het was zo mooi om haar te zien verwelken en de lakens te bedekken.'

Het leven met Virginia zou nooit saai zijn.

Mijn lul hield gewoon van haar stem.

'Ik breng je nu naar huis', zei ik tegen hem.

Het was misschien een gênante wandeling naar de auto, maar wachten was niet meer zo wenselijk.

'Ik dacht dat je het nooit zou vragen,' fluisterde ze.

'Dat heb ik niet gedaan', zei ik hem met valse moed.

Virginia lachte en liet me denken dat ik de baas was.

HOOFDSTUK 19

Die nacht en de daaropvolgende nachten en dagen waren de beste van mijn leven.

We leerden de grenzen van elk kennen en breidden ze vervolgens uit.

Dat was een hele nieuwe wereld voor mij.

Het was een heel nieuw universum voor haar.

Via haar rode lippen in mijn dromen.

Het waren goede dromen.

Ik was altijd verbaasd als die robijnen me 's ochtends wakker maakten.

En het bedrijf zat op hetzelfde snelle spoor als mijn hart.

Mijn team was goed bezig.

Alles wat we deden, kwam naar rozen ruiken.

We zagen allemaal dollartekens in onze dromen.

* * *

Vrijdagavond was mijn eerste rust in het paradijs.

Virginia had een eerdere verloving.

Eigenlijk voelde ik me er goed bij.

Ik wist niet zeker of we het tempo dat we aan het dragen waren veel langer konden bijhouden.

Dat zei bovendien dat de zaterdag helemaal van mij zou zijn.

Ik dacht dat ik het voor één nacht aan de rest van de wereld kon uitlenen.

Dus ik was vrijdagavond bezig met het wassen en schoonmaken van mijn appartement.

Ik moest lachen om de ironie.

Hier had hij een toegewijde relatie, maar hij was alleen op vrijdagavond.

Mijn arme penis zou toch van de rest kunnen profiteren.

HOOFDSTUK 20

Ik stopte zaterdagochtend bij het huis van Virginia.

Onnodig te zeggen dat hij in een zeer goede bui was.

We hadden plannen om een wandeling door de dierentuin te maken en uit eten te gaan, afhankelijk van wat het eerste bij ons kwam.

En ongeplande seksuele ontmoetingen zouden een gegeven zijn.

Hoewel ik begon te denken dat Virginia de meeste ervan had gepland.

Ik accepteerde de illusie omdat het mij uitkwam.

Maar mijn leven was verbrijzeld toen ik de deur opendeed.

Virginia was naakt en knielde op het koude marmer in het midden van de hal.

Zijn handen waren op zijn rug en het bloed stroomde uit zijn mond.

Hij herhaalde 'het spijt me' als een mantra terwijl hij in de ruimte staarde.

Ik verstijfde even, denkend dat het misschien een soort truc was.

Ik kwam uit de trance en rende naar haar toe terwijl ik haar naam riep.

Hij had overal blauwe plekken en zijn ogen zagen me niet.

Ik trok haar naar me toe in een poging haar me te laten herkennen.

Ze hyperventileerde haar mantra en wist niet eens dat ik er was.

Mijn hart brak.

Iemand had mijn porseleinen engel vernield.

Ik hield hem vast terwijl ik de telefoon uit mijn zak haalde.

Maar twee sterke handen grepen mijn shirt, tilden me op en gooiden me tegen de muur.

Mijn rug raakte de tegels en verlamde tijdelijk mijn ruggengraat.

Mijn telefoon vloog weg.

Door de sterren die in mijn hoofd verschenen, zag ik een soort berg mensen naar me toe komen.

Ik dwong mezelf overeind en probeerde me een soort van verdediging te vormen.

Sneller dan ik kon reageren, sloeg een grote hand om mijn nek en drukte me tegen de muur en begon me op te tillen.

De andere hand raakte mijn buik.

Ik stikte in mijn eigen braaksel.

'Dus jij bent de klootzak die het hoofd van mijn zus met stront vulde,' gromde hij.

Zijn ogen lieten geen ruimte voor genade.

Ik worstelde om aan zijn arm te trekken om de spanning in mijn nek te verminderen.

'Ze is van mij, kleine beest. Dat is ze altijd geweest.'

Zijn verklaring werd gevolgd door een nieuwe vuist.

Hij kon niet genoeg ademen om te schreeuwen.

Overleven doet rare dingen met de geest.

Het roept herinneringen op aan dingen waar je al jaren niet meer aan hebt gedacht.

Ik heb ooit zelfverdedigingsles gehad, vier volle uur in het leger.

Het was net voordat onze eenheid voor korte tijd in Afghanistan werd uitgezonden.

"De Amerikanen vechten niet eerlijk", zei de sergeant, "we gebruiken technologie en logistiek om onze tegenstanders te doden voordat ze weten dat ze in gevecht zijn. Maar zoals altijd wordt het ingewikkeld en kan het zijn dat je in een eerlijk gevecht terechtkomt. De Taliban hebben niet de kracht van onze technologie of wapens. Ze zitten vol met melee-training. Ik heb maar vier uur om ze te leren hoe ze een eerlijk gevecht kunnen overleven. Helaas zou dat jaren duren, dus ik ga leren hoe je moet bedriegen. " Ik kon nog steeds zijn schorre stem horen. 'Ze gaan alles wat ze vinden als wapen gebruiken. Zijn helm, die aan zijn kinband hangt, is een prachtige strijdknots. Sterk genoeg om botten te breken. Zijn team heeft een veldfles met water hangen. Maar wat je ook doet, probeer deze jongens niet met je vuisten te bedreigen. Ze zullen worden overtroffen. Dus je kunt ze maar beter doodslaan met de kolf van je geweer. Alles om ze op afstand te houden. Als al het andere faalt, wil ik dat u eraan denkt: in ogen en oren. Neuk ze en ze laten ze gaan. En de oren komen eruit als bananenschillen; ze zullen ze laten gaan. "

Al het andere was mislukt.

Ik ging langzaam dood.

Ik liet zijn arm los, zakte dieper weg in de wurging en greep toen zijn oren.

Zijn schreeuw was harder dan ik had verwacht toen ik uit alle macht trok.

De sergeant had gelijk: hij liet me vrij.

Ik liet zijn vlees vallen en pakte de woonkamerlamp en draaide hem om.

Het geluid was misselijkmakend toen de voet van de lamp in de zijkant van zijn gezicht zakte.

Hij viel op zijn knieën en zakte op de grond.

Plots was er alleen maar stilte, behalve de mantra van Virginia.

Ik liet de lamp vallen en gooide mijn ontbijt.

Ik kroop hijgend naar mijn telefoon.

Alles was dood.

Al mijn dromen, althans de dromen die er toe deden, waren verdwenen.

Ik belde het alarmnummer en kroop naar mijn verbrijzelde liefde.

Ze kon me niet zien of horen.

Alles wat zij was, was ingestort.

Ik hield haar zo totdat ik van haar werd weggetrokken, haar mantra weergalmde nog steeds.

En toen brak ik.

HOOFDSTUK 21

De maanden die volgden waren een vooruitblik op de hel.

De roddelbladen kregen lucht van het verhaal en de reguliere pers volgde het op.

Smerige verhalen voedden de kranten.

Rijkdom, incest, verkrachting, mishandeling en Virginia raakte nergens verloren.

Ze was wat haar broer had gemaakt.

Gewoon een bittere omhulsel gesmeed door jaren van kwelling.

Ik kon het in de schaal vinden, maar op een ochtend verloor ik het.

De wereld was zwart voor mij; er was geen kleur meer.

Ik heb me volledig aan het bedrijf gewijd.

Ik werd een dictatoriale baas geboren uit haat die nergens heen kon.

Ik wilde en had anderen nodig om mijn pijn te voelen.

Op een ochtend ging ik vroeg weg, Janeth tot tranen toe gebracht.

Ik liep door de straten en vond een beetje verlichting van mijn angst.

Zowel de bediende als de kunstenaar probeerden me eruit te praten.

Ze hadden de verhalen gehoord en herkenden mijn gezicht.

Maar het geld kocht de pijn.

Zijn hebzucht ging boven de rede.

Geniet ervan.

Het was mijn 'zweep' naar keuze.

* * *

Ik kwam die middag zelf terug als medium.

Ik verontschuldigde me door mijn tranen heen bij Janeth.

En ik bood de anderen meer gênante excuses aan.

Iedereen begreep het, maar ze zouden het nooit helemaal begrijpen.

Ik kwam de volgende dag terug voor meer pijn.

Ik hield van het gevoel uitgehouwen te zijn.

Het liet me haar herinneren en vergeet wat ik die zaterdagochtend zag.

Ik heb mijn hond gemist.

* * *

Ze lieten haar die eerste maand door niemand zien.

Ik was verpletterd toen ze weigerde me de volgende keer te zien.

Ik heb meer pijn aan mijn dag toegevoegd.

Het zou niet genoeg zijn.

Het was Lydia die me vond, dronken en op het dak van mijn gebouw.

Hij zou niet springen, hoewel vallen een andere mogelijkheid was.

Zij, de enige persoon die de helft wist van wat er met me gebeurde, omhelsde me.

'Niemand wist het, Richy,' zei hij tegen mijn dronken zelf.

'Hij heeft het gebroken omdat ik er niet was!' Ik schreeuwde.

Maar ik verliet zijn omhelzing niet.

Het deed me aan Virginia denken.

'Geef haar maar wat tijd. Onze Virginia is zo terug en stuurt ons zo,' redeneerde ze en omhelsde me nog steviger.

Ik moest erom lachen.

Die eerste dag met Virginia was een vloek geweest.

Maar ik zou vanaf nu elke dag veranderen om die vloek gewoon weer te leven.

Lydia begreep het tenminste.

* * *

We brachten de middag door met het uitwisselen van verhalen uit Virginia.

Op haar eigen manier hield Lydia van Virginia.

Virginia leidde tot een enorm succes bij 'The Meet' en onthulde aan Lydia delen van zichzelf die verborgen waren gebleven.

Virginia was altijd bang geweest voor ongecontroleerd contact.

Lydia was een keer te ver gevorderd en werd getroffen door Virginia's woede.

Het was mijn massage, die ik kopieerde van de cruise, die haar schelp begon te breken.

Langzame start en gecontroleerde soepelheid.

Het voedde haar opgekropte behoefte aan de menselijke aanraking.

Zijn verwarring, vermengd met woede, toen ik zijn kont vasthield, was logisch.

Veel van wat er met Virginia gebeurde, klonk logischer toen we praatten.

'Ik wou dat ze me haar zou laten bezoeken,' zei ik terwijl de alcohol langzaam uit mijn systeem verdampte.

'Denk je dat dat haar zou stoppen?' Vroeg Lydia resoluut. 'Als je haar zou vertellen dat ze je niet kon zien, denk je dan dat ze daardoor van gedachten zou veranderen?'

Ik glimlachte bij de gedachte.

Ik had me in zelfmedelijden gewenteld, terwijl de vrouw van wie ik hield zich in het hare wentelde.

"Fuck nee!" Ik antwoordde: "Ze zou me buigen en me op handen en knieën laten kruipen om vergeving te vragen."

Lydia knikte met een veelbetekenende glimlach.

Ik gaf Lydia een kus op de wang.

'Ik ga mijn hond terughalen.'

HOOFDSTUK 22

Virginia bevond zich in een privéfaciliteit buiten het bereik van de pers.

Het was de beste plek die zijn geld kon kopen.

Het leek meer op een countryclub dan op een psychiatrisch ziekenhuis.

Ik liep op een maandag het bezoekersgedeelte binnen, met een Kindle tot de rand volgeladen.

Ik had een plan en het zou een paar dagen kosten om het uit te voeren.

Hij wist dat ze koppig was en dat ze Virginia heette.

'Vertel Virginia Buttingson alstublieft dat Richard Carrington hier is om haar te bezoeken.'

Hij wist al wat de reactie van de verpleegster zou zijn, maar op een plek als deze zou het verzoek uit Virginia komen.

Ik ging zitten en maakte het me gemakkelijk in de wachtkamer.

En terwijl ik las.

* * *

Ik herhaalde dezelfde operatie na de lunch, ging zitten en las wat meer.

Nog twee dagen lang herhaalde ik het proces.

Het enige voordeel is dat ik hoger op mijn te lezen lijst kon komen.

Op de vierde dag heb ik de haak een beetje meer aas.

'Vertel Virginia Buttingson alstublieft dat Richard Carrington al vier dagen niet werkt.'

De wenkbrauwen van de verpleegster gingen op mijn verzoek omhoog.

'Woord voor woord als je zo aardig was.'

Ik ging zitten en begon te lezen.

Ik kon niet eens een hoofdstuk afmaken.

'Meneer Carrington,' zei de verpleegster.

Ze had een glimlach op haar gezicht.

Ik denk dat we het de afgelopen dagen goed hadden gedaan.

'Dr. Hincking zou graag willen dat u hem in zijn kantoor ziet.'

Ik stond op met een nogal zelfvoldane blik op mijn gezicht.

Mijn baby maakte zich nog steeds zorgen over haar investeringen.

Ze kon niet helemaal weg zijn.

"Meneer Carrington ..."

Maar ik onderbrak de dokter snel.

'Richard, alsjeblieft.' Hij was nog een beetje levendig.

'Oké Richard,' vervolgde de dokter, 'mevrouw Buttingson heeft ermee ingestemd je te ontmoeten zolang ik aanwezig ben. Ik denk dat ze wil dat ik als buffer fungeer. Misschien ben je niet tevreden met het resultaat.'

Ik glimlachte naar de dokter.

Hij had geen idee wat Virginia nodig had.

Hij had zijn schelp terug nodig en deze idioot probeerde hem waarschijnlijk voor altijd te vernietigen.

'Je vindt het niet erg als ik wat optimistischer blijf, toch?'

Hij klonk als een grote klootzak, maar dat is wat Virginia zou zeggen.

Ze zou er beter uitzien.

De dokter verloor de valse vriendschap die hij probeerde te projecteren.

'Je schaamteloosheid is diepgaand, Richard. Ik wil niet dat je ongedaan maakt hoe ver je bent gekomen.'

De dokter deed een regelmatige behandeling.

Dat zou nooit werken met Virginia.

Ze had mijn lijmmiddel nodig om haar weer in elkaar te zetten.

'Houd uw opmerkingen bij' vandaag '; doe geen beloftes die niet kunnen worden nagekomen. Ze heeft stabiliteit en solide waarheden nodig, geen dromen.'

'Heeft ze aangegeven dat ze moet hebben wat ze mij moet vertellen?'

Ik begon eigenwijs te worden.

Ik zag de irritatie op het gezicht van de dokter toen hij besefte dat hij misschien niet meewerkte.

Dit is hoe mensen zich voelden toen Virginia al haar gewicht rondgooide.

Het was een beetje bedwelmend.

Hij concentreerde zich alleen op zijn doel en verpestte iedereen die hem trachtte te vertragen.

'Oké. Ik laat je nu weten dat ik je afraadde.' De dokter was woedend, maar ik was opgetogen. "Ik ben van mening dat zijn soort relatie hem geen goed zal doen. Nu heeft hij een meer traditionele relatie nodig." Ik glimlachte om zijn onwetendheid. 'Nou, ik heb haar zo goed mogelijk gewaarschuwd. Ik zal optreden als bemiddelaar en haar mening laten horen. Houd het bezoek hartelijk en wees alsjeblieft niet boos op haar als ze de dingen niet op haar manier ziet.'

'Dit is niet vijandig. Ik begrijp het, dokter.'

Ik glimlachte om haar zucht.

Ik had meer plezier dan ik had moeten doen.

De dokter was sowieso een pompeuze klootzak.

Hij nam de telefoon op en zei tegen zijn secretaresse dat hij Virginia binnen moest laten.

Virginia kwam binnen en ik probeerde niet te huiveren.

Het leek alsof het zichzelf had verdubbeld.

Ze zei zwakjes "hallo", met een extra dosis verlegenheid.

Ik knikte alleen maar en zag haar langzaam, bijna wiebelig, naar de andere kant van de bank lopen.

Een flinke kloof van vier leren voeten scheidde ons.

Ik liet de idioot het gesprek leiden.

Hij besteedde een paar minuten aan het monologiseren van genezing en een nieuw begin.

Het ging in het ene oor en het andere uit.

Ik neem aan dat je besloten hebt om wat oefeningen voor emotionele opbouw te doen.

Het was zijn fout, niet de mijne.

'Nu Virginia, als je naar Richard kijkt, wat zie je dan?' vroeg hij klinisch.

Ik keek naar Virginia die met moeite naar me keek.

Zijn schaamte was duidelijk; Zijn kracht was van hem weggerukt.

'Angst,' zei hij zacht, 'misschien schaamte en verlies.'

Ze bedekte haar ogen voordat ze klaar was.

Zelfs haar lippen hadden hun glans verloren.

'Dit is moeilijker dan ik dacht', zei hij terwijl hij naar de bank keek.

'Dit is hoe we genezen, Virginia,' troostte de dokter haar.

Toen maakte hij zijn tweede fout.

De eerste was om me de kamer binnen te laten.

'Wat zie je als je naar Virginia kijkt, Richard?'

"Iemand voor het leven", antwoordde ik snel en duidelijk.

Ik keek Virginia recht aan, onwankelbaar in mijn toewijding.

Zijn hoofd snauwde bij mijn woord.

'Kunt u dat verduidelijken?' Vroeg de dokter zenuwachtig.

'Maakt niet uit', was hij bereid de dokter voor de gek te houden.

Deze 'oubollige' jongens zijn allemaal hetzelfde.

Te veel woorden, maar niet genoeg gevoel.

Virginia keek me aan.

Ik zag dat zijn kracht terugkeerde.

'Ik dacht dat we het hadden over het niet doen van beloften, meneer Carrington.'

De dokter raakte steeds meer geïrriteerd.

Ik denk dat hij het gevoel had dat hij hem negeerde.

En zo was het.

"Maakt dat niet uit?" Vroeg Virginia wat meer duidelijkheid.

Zijn lichaam leunde tegen het mijne.

Ik was zijn lijm.

"Nee, ik heb het al gezegd."

Ik heb mijn ogen nooit van de hare afgewend.

Ik zag haar angst wegebben, wat me aan het lachen maakte.

Ze glimlachte terug naar me.

Het was zijn vriendelijke, gastvrije glimlach.

We waren er bijna.

"Ik denk dat ik moet afmaken ..."

Ik onderbrak de goede dokter voordat zijn therapie mijn meisje voor het leven verpestte.

"Hou je mond!" Ik heb vergif besteld.

Hij droeg mijn 'ik ga je oren eraf' gezicht toen ik me naar hem omdraaide.

Verrassend genoeg sloot hij zijn verdomde mond.

Ik keerde terug met mijn glimlach naar Virginia.

Ze was helemaal over de bank gekropen en kwam langzaam naar me toe.

Ik kwam niet naar haar toe.

Wacht.

"Maakt dat niet uit?" herhaalde hij terwijl hij nog dichterbij kwam.

Zijn glimlach en ogen veranderden in een krachtigere blik.

Meer van haar was terug.

Er viel nog maar één ding te zeggen.

"Ja Meesteres."

Ik zette alles wat ik had in die twee woorden.

Ik hoorde de dokter naar adem snakken.

Virginia sprong naar voren en in mijn armen.

Zijn ogen leefden weer.

Ze legde haar wang naast de mijne.

'Ik moet je vastbinden, je in bedwang houden,' fluisterde ze.

Ik voelde haar behoefte aan controle.

Ze had de afgelopen twee maanden zoveel verloren.

'Er is een ijzerhandel een paar kilometer verderop.'

Ik was verloofd.

Ze was alles waard.

'Het kan je pijn doen.'

Ze snikte bijna toen ze dit zei.

Hij wiegde mijn hoofd in zijn handen en keek me met natte ogen aan.

Ik werd gekweld door de behoefte om mezelf volledig te beheersen en de behoefte om van mezelf te houden.

Alles wat ik zag was liefde.

Ik stak mijn hand uit en trok aan de kraag van mijn overhemd, bijna scheurend, om mijn linkerborst bloot te leggen.

Een uitgebreide tatoeage die 'Virginia' spelde, ging door mijn hart.

Ingewikkelde kunst, geboren uit urenlange pijn.

Ik wilde haar boven rede en zou alles wat ze nodig had van mij aanvaarden.

Hij heette me welkom.

Virginia stond gracieus op en keek de dokter minachtend aan:

"Ik ga, dokter."

De teef was terug.

De dokter knikte wijselijk alleen maar.

Ik denk dat ik een beetje angst in zijn ogen zag.

Het kostte ons minder dan een kwartier om daar weg te komen.

Normale verpakking werd genegeerd ten gunste van de snelle alles-zoals-valt-methode.

Toen hij zijn koffer dichtdeed, schoot er iets door zijn hoofd en keek hij me serieus aan.

'Zou het goed zijn als we het nooit over mijn familie hadden?' zij vroeg mij.

Evenmin dreef de laatste "gevechtsgevoelige" weg om zichzelf te genezen.

'Ik heb liever dat we nooit over haar praten,' antwoordde ik.

Ik vervloekte de dag dat ik zijn broer ontmoette en vermoedde dat de rest van zijn familie ook zou stinken.

Virginia glimlachte en greep het haar achter op mijn hoofd en bracht mijn lippen naar die van haar.

Ik voelde zijn kracht in de kus en het reisde rechtstreeks naar mijn kruis.

Ze deed mijn mond open en wees naar haar koffer.

Ik glimlachte en raapte het op.

'Ik zal je pijn doen omdat ik het nodig heb. Ik ga het niet ontkennen,' zei Virginia met een boosaardige glimlach, 'en we moeten stoppen om een lippenstift te kopen.'

Het was twee maanden geleden dat ik een erectie had gehad.

Mijn lul haalde de verloren tijd in.

'Ik vind het geweldig dat ik je dat mag aandoen,' spinde ze terwijl ze tussen mijn benen keek.

De nacht was voortreffelijk.

EINDE

127

www.ingramcontent.com/pod-product-compliance
Lightning Source LLC
Chambersburg PA
CBHW051217160726
47994CB00002B/641